# 每晚睡前原谅所有的人和事

夏风颜 著

我把心每天打扫一遍，等茉莉花遍开的时候，请你住进来。

江西人民出版社
Jiangxi People's Publishing House
全国百佳出版社

**图书在版编目（CIP）数据**

每晚睡前原谅所有的人和事 / 夏风颜著. —南昌：江西人民出版社，2016.1

ISBN 978-7-210-08151-7

Ⅰ.①每… Ⅱ.①夏… Ⅲ.①散文集－中国－当代②随笔－作品集－中国－当代 Ⅳ.①I267

中国版本图书馆CIP数据核字（2015）第308541号

**每晚睡前原谅所有的人和事**

夏风颜 / 著

责任编辑 / 王华　孙琦

出版发行 / 江西人民出版社

印刷 / 北京盛通印刷股份有限公司

版次 / 2016年3月第1版

2016年3月第1次印刷

开本 / 889毫米×1194毫米　1/32　8.5印张

字数 / 150千字

书号 / ISBN 978-7-210-08151-7

定价 / 36.80元

**赣版权登字-01-2015-1019**

我把心每天打扫一遍，

等茉莉花遍开的时候，

请你住进来。

Dear, I hope you never grow old, I hope you forever young.

当我感到孤独的时候，也在独自寻你的途中。

Hi~

# 目 录

※ Chapter 02

## 听一夜雨声

※ Chapter 03

# 看一次日出

※ Chapter 04

# 种一株幽草

※ Chapter 05

## 等一朵花开

※ Chapter 06

## 哼一首情歌

※ Chapter 07

## 去 一 个 地 方

※ Chapter 08

## 做一场美梦

# 自序

愿生命化作最美的莲花

时隔一年，夏日流火。去年的这个时候发生了一件事，一个叫小鹿的女孩因为看了《我是凡尘最美的莲花》迷途知返。这件事很快成为新闻，被当地媒体报道，并在网络上迅速流传。这本书创作于几年前，那时我大学毕业不久，出版一部小说和一部传记后，开始写作生涯中的第三部作品。那时，我还不知道这本书对我的意义，以及它在我后来的写作和人生中产生多么重要的影响。

我并没有把它当传记去写，尽管在这句话的前面还有四个字。出版商告诉我，这四个字才是书的卖点，他们并不关心我写的是什么，而是我写的是谁。但这本书后来之所以畅销并出新版，并不完全在于我写了谁，而是，我写了什么。

“每个人的一生，真实而美好。你所拥有即拥有，失去却不意味着失去。你要相信，失去是另一种拥有。你的失败与伟大，新生与寂灭，犹如花开花谢，简静自持，珍贵永远。”

我要感谢小鹿，真的。并非因为她让更多人知道了这部作品，而是她让我更加明白和坚定写作的责任与使命。这些话本应该是在后来的一篇访谈中说的，但我拒绝了采访，把要说的话用这种方式呈现，当作对自己四年职业写作生涯的一次总结，一段回望。

“每晚睡前原谅所有的人和事。”

这是“且听风吟”系列的第二本书，是我想表达的主题和愿景。每晚入睡前，想着一天的劳累和辛苦，想着过往几十年的辛酸与不易，想着那些我们曾经错过和辜负过，以及伤过、欺骗过我们的人和事，一笑泯恩仇，一睡如隔世。

请放下耿耿于怀的事，请原谅念念不忘的人。

愿我们无论生在何方，与谁相伴，亦无论如今在哪里，有着怎样的爱恨仇怨，请双手拥抱自己，给一个鼓励释然的微笑。你很累，你也已经很努力，一些不尽如人意的事，一些终成陌路的人，不是你想改变和挽留就能回到过去，就能让一切不再发生……你尽力了，问心无愧就好。

费曼说：“如果你喜欢一件事，又有这样的才干，就把整个人投入进去，像一把刀直扎下去直到刀柄一样，不要问为什么，也不要管会碰到什么。”

过去我一直在想，当初之所以投入和坚持，究竟是为了什么？现在不再纠结这个问题，当我用尽全力，倾尽所有，就是原因。是心的指引，是人生的宿命。

八年前，我决定当一个写作者，并以此为生。那是某个炎热的夏夜，六人间宿舍的小床上，一个人缩在蚊帐里，坐在床头桌前提笔写下第一个字，那种不顾一切的心情，至今难忘。犹记得那夜奋笔疾书，满头大汗，蚊子不停地叮咬，电风扇呼呼地吹着，身前只有一盏微弱的照明灯……从此一发不可收拾，走上不能回头之路。

人生的第一部作品献给母亲，就叫《莲花》：“愿生命化作那朵莲花，功名利禄全抛下。”

写道：我与你，母女之间无数次的对话与相伴，心的抚摩，触及人世的复杂与荒凉。我们的心有多坚硬，能够携手走过，如若回首，是否在彼岸等待另一次转身。花的经义里参悟佛的梵语，佛曰：不可说，不可说……我们的对峙与牺牲，我们的相伴与壮大。

大二那年暑假，母亲因车祸住院，我趴在医院走廊的长椅上写完最后一个字，从开始到结束，整整一年。还记得厚厚的一沓稿纸，医院里消毒药水的味道，戴着口罩的护士目不斜视走过的身影……这些影像和记忆，成为遥远亲切的回忆。

最后那朵 微微雨中 月光雨中
徐徐开落的莲
在水莲中 你恬恬地浅眠
在目光中 你幽幽地缠绵

那夜的莲
在你的梦里留下怯怯的花蕊
那夜的你
和莲花一起融融地深睡

白莲孕育 第一枚花蕾
你在孕育中
有疏疏的轻泪细细的快慰

最后一朵莲中朦胧的脸

最后那朵微微雨中的莲

这首诗叫作《孕》，感念母亲的孕育，将它送给你。

愿生命化作凡尘最美的莲花，功名利禄全抛下。

夏风颜

2015.07.10

Chapter 01

# 养一只宠物

# 我孤独，但我不缺少爱

你是水瓶座，这个世界好像没有人真正地懂你。身边所有人连同最亲密的伙伴都认为你无法沟通，不可理喻。爱生气，爱唠叨，爱挑剔，外表傲娇冷漠，内心敏感易碎，永远像个怪异的长不大的孩子，被认定是“听不懂人话的外星人”而备受孤立。

你是双鱼座，生性浪漫反遭嘲笑和鄙视。明明智商高、情商高，却被误解成白痴加花心的综合体。你任性，你苛刻，你怕黑，你怕寂寞。习惯被误解，不解释，不强求，偏偏内心和自己过不去。以至于被普遍认为，在你的身上，除了人性的阴暗面，其他都看不见。

你是白羊座，一生冲动不羁被黑到底。一场恋爱从此反目成仇永不相见，一次生意再也没有人找你合作，父母长辈的话听不进去，同学朋友全离你远远的。一路走到黑，不撞南墙不回头，表面风光自大，唯有夜深人静不为人知的时候躲在被子里哭——他们为什么都离我而去。

你是金牛座，生来拜金，固执到死，这是外界对你的一致印象。你觉得自己最懂享受生活，也最体贴爱人，殊不知，他们把你的“享受”当作自私，把你的“体贴”当作受罪。而你，仍然像头牛一样埋头不看、不听、不改变，结果是让自己活得很累，让爱的人伤透了心。

你是双子座，白天是维纳斯，夜晚是阿修罗。身体里住着两个你，常常自相矛盾，所以表现得非常神经质。这使身边的人一旦与你靠近，就会变得紧张、不安，严重缺乏安全感。而真正缺乏安全感的那个人，是你。你所有的美好与骄傲都是伪装，可惜没有人看穿到底。

你是巨蟹座，温柔善良被当成好欺负，与世无争被认为胆小怕事。你喜欢过居家生活，种种花、看看书、听听音乐的人生对你而言再幸福不过，偶尔会胡思乱想，却不轻易对人言说。你总是生活在自己的世界里，但求岁月静好。而他们说，你只是永远活在壳里的胆小鬼。

你是狮子座，吹毛求疵，自大狂妄，冷酷无情。你是天生的领导者，却是最不得人心的领导者，因为你要尊严、要膜拜、要臣服。但这只是别人眼中的狮子，而你真正的宽广忧伤，别人能懂得几分？不过是自欺欺人罢了。你是无所不能的狮子，你也是万年孤独的王。

你是处女座，十二星座中遭诟病最多、最不受待见，却最受委屈、最不应被无视的。追求完美不是你的错，洁癖也好，抠门也罢，都阻挡不了你的桃花运与好人缘。可亲爱的，要求别人的同时也是在要求自己，有谁能将你无懈可击的面具击碎，看到一颗千疮百孔的心。

你是天秤座，不是在纠结为何而生，就是在纠结何时死去。口是心非，吃软不吃硬，一生都在寻找停靠的港湾，到头来发现，除了自己，无人可靠。别人把你的超脱当自恋，把你的心软当懦弱，你可知，你才是那个最让人心疼的宝贝、最想要停靠的港湾。

你是天蝎座，冷血偏执只是世人对你的误解。嘴很毒，心很善，要么不爱，要么深爱。每一次被伤，你都要用自虐的方式让自己深深记住；每一次被骗，你都要自我封闭从此恩断义绝。快乐得没心没肺，冷漠得不近人情，而我要告诉你，世界上最狠的报复，是原谅和遗忘。

你是射手座，迟到，健忘，爱睡懒觉，但你丝毫不觉。很简单也很聪明，很吵闹也很安静，不孤独却也最孤独。你可以对谁都表现得满不在乎，对恋人忽冷忽热，和朋友若即若离。你也可以跟谁都玩暧昧，看透很多事，总喜欢装傻。走近你有时候很容易，有时候很难。

你是摩羯座，喜欢一个人待着，什么都不想，这世上好像没有什么人或事令你烦恼。自得其乐，享受自由自在的生活，内心却闷骚敏感得要命。你讨厌虚伪，远离做作，少年老成，内心强大。不需要什么朋友，尽管真实的你不这么想，或许就这样错过了最重要的一段友情。

你是十二星座之一，你的性格与命运早在出生之时便已塑造、落定。你或许相信，或许不信。对号入座，你习惯把自己假想成被人误解的那一类，缺点都是他们嘴里说的，优点只有自己知道。

这个世上，多数人只看到缺点，而看不到优点。多数人习惯用旁人的眼光看自己，而忽略了被埋没的真实本性。

你是玻璃心的“水瓶”，你也可以成为内心坚强的“摩羯”。

你是怕寂寞的“双鱼”，你也可以成为习惯寂寞的“射手”。

你是爱冲动的“白羊”，你也可以成为冷静理性的“天蝎”。

你是最顽固的“金牛”，你也可以成为权衡利弊的“天秤”。

你是神经质的“双子”，你也可以成为自我克制的“处女”。

你是好欺负的“巨蟹”，你也可以成为气场强大的“狮子”。

要相信，永远有一个人在看见你的第一眼，在擦肩而过的一瞬间，在与你相处的每一天、每一月、每一年……不知不觉，命中注定，看穿你面具之下的伪装，黑色瞳仁里的彷徨，完美生活背后的破碎。

生命的单薄是种至福。当我们只有真的变得很好，才会配得起更好。

即使你是万年孤独之人，也请对自己说：“我孤独，但我不缺少爱。”

## 生命要浪费在美好的事情上

日本漫画家手冢治虫在《我的漫画人生》中写道："长大后，一个人应至少拥有两个希望，坚持两件事。因各种各样的条件限制，一件受了挫折，还会有一件留下来。每个人必定会有长大成人的时候，走上社会的时候，进行人生选择的时候。在那种时候有能够选择的事物，真的很幸福。"

有一句话是："生命要浪费在美好的事情上。"美好之所以可以被"浪费"，大概是因为还可以让我们选择。

回想青春时代的躁动狂热，像极了这个年代的孩子，攒钱买喜欢的书籍和CD，坐一夜火车只为看某人的一场演唱会，排一夜长队等粉丝见面会，只为远远地看自己喜欢的人一眼，但也许什么都看不到。几次离家出走，几次被打回原形，几度自暴自弃，几度重拾信心。长时间旷课，翻过学校那道不高的围墙，在初春的草地上静坐一个下午，仅仅只是为了看一眼黄昏的落日。

年轻似乎是当时最能够挥霍的资本，而我们奔跑其中，不知疲累。即使那时候已经站在高考毕业的边缘，伴随着的是无尽的恐慌与迷茫，也坚持所坚持的，选择所选择的，不负初心，不悔当初。

多年后，失去重返校园的可能，把青春埋进坟墓，被迫做了许多自以为重要的人生大事……却在那时，无可救药地爱上了旅行。辞职、离家、浪迹天涯，丝毫不觉得是在浪费生命。曾幻想着，可以不知所谓地喜欢门德尔松，遐想爱琴海里温柔的海浪，在梦里勾画天空和大海的颜色。地中海不再是遥远模糊的风景，伴随着此起彼伏的海浪声，于每个午夜时分，写下深情优美的文字，记录属于感觉或感情上的领悟和收获。如此美好。

我们应该在最好的时候，尽情挥霍自己的生命。

于是，过了二十五岁依然去远行，去一无所知的地方，一个双肩包、一张地图、一双脚。无数次幻想在冰岛拥有一间小屋子，可以独自出来捕鱼，亦可以和当地人一起谈笑喝下午茶。隔着北海与西欧大陆畅想伊比利亚风情，在阿尔卑斯山脉下的中世纪庄园里看遥远朦胧的巴洛克和洛可可建筑，带着漂亮的牧羊犬在辽阔美丽的北美洲大草原上奔跑放羊。

那些青春的画面，那些埋在记忆深处的场景，触不可及，偶尔被捧在手心里想念。把它当成一场挥之不去的梦，一次妙不可言的体验，一种富有想象力的游戏，却不再为了一时的冲动而冲动。由心出发，不再是简单莽撞地离家出走，抑或逃避都市的快节奏生活。在记忆慢慢累积漫溢之时，在所有的年轻梦想、无聊思绪被附上隐形的翅膀足以起飞之后，坚持，有了它应有的选择。无所谓对错，更无所谓值不值得。

我们走过的路，以及我们要走的路。那些大人们觉得所谓的“浪费”甚至“挥霍”，那些一个人痛定思痛后的“放下”乃至“放弃”，都是因为，我们还有选择，还可以坚持。即使这辈子平平淡淡，过得空泛无聊，但至少快乐自由过。

对你说，生命要浪费在美好的事情上。

而在我的心里，生命中最美好的事情，是找到那个知道你所有的错误和缺点，依然认为你很好很好的人。

让他珍惜你、陪着你、宠着你……一直走下去。

## 太美的承诺，因为太年轻

十四岁那年，把头发剪得非常短，是那种接近平头的“刺猬头”。穿一件皮夹克，洗白的牛仔裤，黑皮靴，把自己打扮得像个粗劣的男孩。我不爱穿校服，即使是每个礼拜一的升旗仪式，能躲则躲，甚至为了不穿校服装病缺席。

简平是隔壁班的男生，他是学校出了名的打架王，特立独行，经常惹是生非。有时候在走廊里碰见他，昂首阔步，眼里看不到任何人。简平没有朋友，同学只是围绕在他身边的一群蚂蚁，黑压压地分不清楚。但他不会随便欺负谁，除非有人惹到他。

某个礼拜一的早晨，我胃痛缺席升旗仪式，一个人趴在靠窗的座位上，静静地听着国歌声响起。突然，后脑勺被敲了一下，抬起头来，一张黝黑冷峻的脸，两只眼睛像豹子一样盯着我，似笑非笑……那是我对简平最深刻的印象。

他没有立刻放开手，趁势揪了揪我的短发。对我说的第一句话是："你是男是女啊？"

我和简平就是这样认识的。那时候我就知道，我和他不可能成为一辈子的朋友，因为我们生活在完全不同的世界。也许一个人孤单得太久，也许只是出于无聊，他揪着我的短发哈哈大笑。"你像一只刺猬，"他饶有兴味地说，"还是软的。"

升旗仪式结束了，很快，我们就听到了凌乱的脚步声和叽叽喳喳的说笑声。简平立刻收起笑，像从未认识我一般松开手转身离开。那之后的很长日子，我们没有说过一句话，即使在走廊里遇见，他不看我，我也不看他。

直到学校举办运动会的那天，一千五百米长跑，简平穿着运动服姗姗来迟。我在人群里默默地看着他，尽管他恶名在外，但为他加油的呼声却非常高。我远远地看着他甩动胳膊做一些准备动作，然后像一只矫健的豹子弯腰半蹲在起跑线上。

“简平，加油……”

呼声越来越高，他向人群里看了一眼，面无表情地转回去，盯着起跑线的前方。那种表情，与过去的玩世不恭截然不同。

发令枪响，他第一个冲出去，远远地把竞争者甩在身后。大家跟着他跑，第一圈、第二圈、第三圈……我站在终点的位置，看着他远远地向我飞奔而来。“简平，加油！”不知为什么，我突然冲着他大喊一声，对他挥动着双臂，他越过我，奔向了终点。

比赛结束了，简平不负众望拿了第一名。很多人围上去，那一刻的他离我是那么远，也那么近。他从人群中走出来，手中拿着一瓶水，拧开瓶盖，直直地向我走来。

“嘿，有个性的！”

他举起手中的矿泉水瓶，喝了一大口，把剩下的半瓶水浇在我的头上。一切始料未及，我惊愕地看着他，水珠顺着发根滴落，浑身都淋湿了。他哈哈大笑，依旧是我们第一次认识的场景，他饶有兴味地看着我，仿佛我是他高兴时随便逗弄的小猫。

“我记住你了。”他伸出手，揉了揉我被浇湿的短发，扬长而去。

我们就那样成了最熟悉的陌生人。晚自习他敲我的窗户，要我出去，我陪他坐在楼梯口抽烟，一句话也不说。他给我起绰号“刺猬”，说我是“有个性的刺猬”。食堂打饭时，他远远地叫我，坐到我旁边，抢我的饭吃。他经常旷课，有一次和班主任打架，被勒令退学。他收拾书包走到窗边对我说，小刺猬你好好待着，主人不能再罩着你了啊……

他有非常凶恶的一面，也有温柔的一面。只是他温柔的一面被掩藏，没有人愿意发现。他才是一只柔软的刺猬，竖起浑身的利刺攻击别人，只是为了不想让自己受伤。他家境不好，很小的时候父母离异，和奶奶一起生活……这些他都没有告诉我，也不想让人知道。

初三那年，简平正式退学。以前，他总是嘲笑我丑，穿得奇怪，像个男人婆一样不修边幅。我常常穿一件黑色T恤，洗得发白，针口裂开。他有一次扒开我的领口，左瞧右瞧，想知道我为什么总爱穿这件衣服。

走的那天，我们站在校门外。简平已经很久没来学校了，自然我们没有再联系。他来学校办完退学手续，没有人送他。对他而言，这不是一件多么伤感的事。照例敲一敲我的窗户，我走出来，跟着他一直走到校门外。他递给我一只袋子，里面装着一件衣服。

我要打开，他拦着不让。“回去看吧，”他满不在乎地说，“我还是第一次送女人东西呢，虽然你长得不像女人，哈哈。”他那样肆无忌惮地大笑着，而我低着头，看着手中的袋子，一句话也说不出来。“主人走了哦，下次就穿着这件衣服去找我吧，小刺猬。”他拍拍我，依旧是玩世不恭的表情，玩世不恭的语气，连告别都显得含糊随便。我抬起头，他却在这一刻转身，背对着我挥一挥手，就那样走了，从此离开了我的人生。没有人知道转身的刹那，他是否也像我一样满脸黯然，心在流泪。

那时候还不懂得眼泪的滋味，所以我没有哭。他的背影已消失不见，没有再回头。也许我只是他青春里的一个过客，被他嘲笑、逗弄，孤独时沉默陪伴的一只宠物，一只柔软的刺猬……没有任何留恋可言。抬头看着天，淡淡的云，淡淡的阳光，和过去的每一天没有任何分别。手中是他送给我的唯一礼物，那一天，是我的生日。我对自己说，生日快乐。

从此以后，我们没有再见面，一去十年。那句似是而非的“下次就穿着这件衣服去找我吧……”变成了一句空口约定，一句最美的承诺。高中那年得知他去了新疆，找他的生父。再后来，我彻底失去了他的消息。那件红色连衣裙一次也没有穿，被束之高阁。我曾经拿出来比对过，太小了，他是希望我减肥吧，变成真正的窈窕淑女。

简平走了，带着他的玩世不恭的青春、笑容与约定。他大概忘了我，又或是偶尔午夜梦回时想起我这个人，永远地活在年少的时光里。我们都长大了。

“太美的承诺，因为太年轻。”

我的青春里，出现过一些人，离开过一些人。某种意义上，可以将他们当作人生路上的匆匆过客。但是情感的边界，我不愿意他们就这样离我而去。我希望他们守着最美的承诺，来赴一场关于青春与重逢的约定。还是初见时那样，我仍年少，你也未老。

而如今，对我来说，这一切真的变成一个写在书里的故事，一幅偶尔想起的画面。人因为年轻，才会恣意地享受并且快乐。淡的是悄然逝去的光阴，浓的是埋入时光里的不舍与遗憾。

手执玫瑰，依旧是优雅的深情。

午夜，听一曲《玫瑰人生》，摘下一片花瓣，让它随风飘散。飘到那个遥远的地方，带着我的思念和祝福。有一天，当我老去，依旧想起这些美好的青春盛事，想起故人，想起那时的自己。

对你说，因为年轻，承诺才如此美丽。

# 偶尔只想一个人静静的就好

奥地利作家霍夫曼斯塔尔在《美好时日的回忆》中写道：思念对于我，犹如一个假面具的目光，这仿佛是卡塔琳娜的眼睛，我还从来没有亲吻过她的嘴唇呢。所有的一切都浸透着光芒，岛屿后面，浮云似乎披上了金黄色的烟雾在徐徐升起，夕阳映红了飞鸟犹如金色的子弹。我懂得，这不仅仅是瞬间的夕照，而是消逝了的岁月。

岁月之美，消逝不回。

给自己的时间这样少，要做的事情何其多。某个夜晚，我一个人站在马路边等车。深秋，天空没有一颗星，远方点点灯光闪烁，树影婆娑，风刮得脸生疼，一辆辆车从身边急速驶过。凌晨两点，我穿着单薄的风衣在马路上奔跑，一只野猫从面前轻轻跃过，消失于黑暗深处。

我害怕等待，总觉得等待的时间非常珍贵，不能浪费。我们无法预知将来会发生什么，在纠结与徘徊间苦苦挣扎，一面在寻找，一面在丢失。生命中的给予是一个转折点，是衰老、死亡、新生、代谢中的一种。对于前路的未知与迷茫，总是让我不断地思考，试图从中得到一个理想的答案。

年岁渐长，经历的事情越来越复杂曲折。原本相信的东西，渐渐不再相信；原来对任何人都坦然真诚，渐渐变得小心翼翼。用真心换来的情，未必珍重；用信任交付的人，未必值得。但依然要感谢他们，让我更加清楚地知道自己想要什么，果断丢弃那些软弱的侥幸与怅惘。

成长或许就是，每天比以前快乐一点。即使难过，也要微笑着面对。

我时常怀念，那青涩的少女时代，十二至十八岁的青春。那些古色古香的巷子深处小贩的叫卖声，粘粘出胶卷般的点滴，刻在了时间的琴弦上。那些穿着白衬衣、骑着自行车驶过干净街道的人们，在焜黄华叶的季节里，留下黑白影像上清澈的面容。天空下的尘埃，被阳光折射出流动的线条。空旷的草地上，一群穿着白色校服放声高歌的少年，在那个年纪，固守理想的旗帜与坚韧的抗争……那是未经人事时的样子。

我们都曾经天真、懵懂、爱幻想。慢慢地，我们懂事后重新审视，身体被打上时代的烙印，亦步亦趋，将各自的性格磨砺得失去了棱角，越来越寡言沉默。想要什么，必须去争，事实告诉我们，想要什么，必须先忍。

二十岁时，给自己写一封信，告诉自己：二十岁是与十岁、三十岁、四十岁……不一样的湖泊，不若江河奔腾涌向大海，也不若小河流水蜿蜒入人家。性格的造就奠定不一样的人生，变得成熟、独立、稳重，在独有的一片水域越涉越深，但愿挖掘出传说中的“月光宝盒”。

“偶尔只想一个人静静的就好，不受任何打扰。别说我冷漠，别说我无情，表面上不在乎，表面上无所谓，谁又知道内心有时的轰然狂喜与彻底失望。”

写作七年，心在自己的湖泊越走越深，越走越远。时而狂喜，时而失望，时而介意，时而淡漠。这些都曾是障，如今成为载我逆流而上的扁舟，带我行到水穷处，坐看云起时，不负初心，不悔一生。

人生其实没什么好迷茫的，走得随意一点，潇洒一点，终点就在那里，不用怕迷路。等回看来时路，走过的地方、见过的风景、遇到的人、经历的事，让它们成为你的缘，而不是障。

人一生只要有两三个挚友，随时随地都能交心，其余都是萍水之交。人一生只要有一个恋人，其余都不会陪你走到最后。人一生最重要的是家人，爱人可能会分手，家人不会。人一生最应该付出所有的是孩子，他（她）是你的，与你血肉相连。人一生要有一次任性之举，不计后果，因为做到随心而活非常之难。

就这样吧，偶尔只想一个人静静的就好。

# 每个人都在自己的寒冷里，独自过冬

忙碌一段时间，启程去西安。这个有风有雪的季节，需要一点靠近的温暖。我选择一个人，背起包，寒冷中独自夜行。

西安，一座典型的西北城市，寒风瑟瑟，冷叶如霜。正如多年前看过的张艺谋的电影，苍凉，厚重，深沉，浩远。如果说北京像一座废弃的古园，让人有秋天的怀念。合欢树、栀子花，在满园弥漫的沉静光芒中闭上眼睛，享受光阴的淡淡逝去。那么西安，如一座冰封的古国，冬天是它的披风，黄土地、寺庙、高原、古塔、白雪……全部被埋入了岁月的永恒里。

纪君发来短信：天冷，你的旅行还顺利吗？纪君结了婚，懂得关心人了，不再是十七八岁腼腆忧郁活在自己世界里的瘦男孩儿。三五年后，有些人还是那样，有些人已经悄然改变。它折射出一个人内心的状态、情感与阅历。

炎君走的那年，也是像这样的冬天，冷而萧瑟，北风呼呼地吹。我现在能静下来慢慢地怀念他。他是西安人，瘦瘦高高，面容白净，有着南方人的气质。第一次见面，炎君问我："你是哪里人？""你猜。"我说。他想了想，说道："北方的？""不对。"他默然了片刻，摇摇头说："南方女孩儿。""为什么？我以为我已经十分融入北方的生活，也不把自己当南方人。""口音，"他笑着说，"你'n'和'l'分不清楚。"

那时候我刚读大学不久，来到北方这座城市，学校在郊区，荒芜凄凉，冬天非常地冷。那时候大学里流传着一句话，这里的风一年只刮两次，一次刮半年。大一那年我加入一个音乐社团，没多久炎君就来找我，他组建了乐队，缺一个鼓手。

炎君比我大两届，和他同届的学生要么开始实习，要么备战考研，他却一点也不急。怀抱一把吉他，长长的头发，走路永远低着头。哪儿有演出就去哪儿，带着比他小的三个人：我，还有另外两个瘦瘦高高的男孩儿。

炎君是我们乐队的队长，正值狂放不羁的年纪，披着长发便能标榜自己是文艺青年。但炎君对此并不在意，他也不在乎在别人眼中是自己怎么样的一个人。我们每天晚上排练，两个男孩儿因为这样那样的原因经常缺席，唯独我和他准时到场，天天如此。后来有个男孩儿退出，乐队缺人，那是我们最困难的时期，炎君依然非常淡定。他说，就我们三个，足够了。

就这样坚持了一年多，直到他读大四。毕业的各种压力接踵而至，炎君不得不放下心爱的吉他，却对我说："我这不叫放弃，你也不能。我一天没离开，乐队一天就不会解散。"三个人的队伍，另一个男孩儿也离开了，只剩下我和他。他放弃了出国，放弃了谈了六年的女友，他们从高中就在一起。女友觉得炎君太追求理想，跟他在一起看不到希望。

现在有人问我什么是理想，我真的无法明确地表达内心深处的想法。因为，在感到撑不下去的时候，在对未来充满恐惧与彷徨的时候，炎君就像一盏微亮的灯，指引我前进的道路。他令我懂得，放弃有时候比坚持更难。

我对炎君有了好感，是那种淡淡的喜欢，但没有想过告诉他。最后一次见他，是大二上学期的期末，那年冬天出奇地冷，大风能把人刮得飞起来。炎君背着一把吉他，拉着一只拉杆箱站在校门外。那是他唯一一次没有戴帽子，头发被风吹得乱舞，雪色中的脸，白得近乎透明。他冲我笑了笑，挥挥手，转身消失不见。

他还是妥协了。回到家乡，就像父母期望的，在一家银行工作。这是他坚持许久必然要放弃的选择，亦是未来必须走的路。他曾对我说，我们一定会有真正属于自己的乐队，每个队友相亲相爱、不离不弃。我们谱出真正属于我们的心声，让冬天不再寒冷，让青春不再苍白。

我在西安一路走走停停，看过很多名胜古迹。白雪皑皑、层峦叠嶂，美得如此不真实。他现在大概已经结婚生子了吧，在这座生活了二十多年的城市，平凡地过完余生。他会是一个好丈夫、好父亲、好儿子、好同事、好下属……他亦是我曾经的好队长、好朋友、好搭档。

“每个人都在自己的寒冷里，独自过冬。”

在西安，北之以北，我一个人，感到很冷。但，寒冷不能驱散体内血液的温暖，不能阻挡一路追逐光的脚步。所谓走过的旅途中曾经必然拥有的过往，是泛白的孤独的远行，在属于我们这一代人的记忆里，牢牢扎根。

我们每个人总是期待着可以去远方，看一些不知名的风景，拍摄最原始的图片和风土人情。想要拥抱这些原始的生命，连同古寺、村庄、河流，以及连绵起伏的山峦。我并非独自钟爱这种体验，然而当我眺望村塬的高地、荒野上的野草，如同新生不息的理想般潮水涌来。我终于明白，时间终将成为一种不可亵渎的美丽，成为生命的存在形式。它生长于生命的暗角、车马的前方、黑暗的罅隙、岁月的前沿……始终如一。

这就是，相信青春成为一种本质。

Chapter 02

# 听一夜雨声

## 你的心曾悲伤七次，从此不再悲伤

你的心曾悲伤七次，第一次是为了生你的人。

你出现在她的生命中，是1988年的春天。你在她身体里迟迟不肯出来，她为了生下你剖腹产挨了一刀。她人生最深的痛是你给的，她用血肉供养你，用乳汁哺育你。当你来到这个世界，睁开眼睛见到的第一个人是她。

她虚弱地躺在你的身边，对你微笑，于是你学会了微笑。她教你说话，你咿咿呀呀不知所云。她把你抱在怀里，指着天上的云，轻声念“云”；招呼着远处的人，轻声念“爸爸”；摸着你小小的脸蛋，轻声念“宝宝”……而你突然开口叫了声——“妈妈”。

你的心曾悲伤七次，第二次是为了爱你的人。

你最后一次见到他，是1997年的夏天。那一年，正值香港回归，夜晚到处都在燃放烟花。像每一年过春节，外面张灯结彩，漫天璀璨的烟花，砰砰声响彻天空……你的家里却一片惨淡孤清。他收拾好行李，留恋地摸摸你的头，转身即将离开。你突然从身后抱住他，哭着央求他不要走。他犹豫地看着你，蹲下来擦干你的泪痕，一把抱起你，带你来到天台。

烟火迷离，星光灿烂，天空乍然开出一朵巨大美丽的花。他轻轻地摇晃着你，唱了一首《我的中国心》……你在他的怀里默默地流下了泪，这是他最后一次陪你看烟花，也是最后一次给你唱歌。

你的心曾悲伤七次，第三次是为了恨你的人。

你对她说再见，是2006年的秋天。录取通知书下来了，你如愿以偿去了北方，轻轻舒了口气。除了自己，没有人知道你为什么如此执意要去那么远的地方念大学。你开始收拾行李，翻箱倒柜，一样一样都是她送给你的。三年，还记得她第一次坐在你前面的背影，还记得她低着头奋笔疾书的样子，记得她回眸看你时默默欢喜的神情……

连同送给你的礼物，成为你刻在心上的痕迹。

你那么决绝地对她说分手，告诉她你要离她远远的，她狠狠地甩了你一个耳光，说“我这辈子都不想再见到你了”……这辈子，就真的再也见不到了。你把她送你的东西一件一件放进行李箱，走到哪里，跟到哪里。她不知道你很爱她，但爱是需要代价的。她的成绩一落千丈，你跪在她父亲的面前发誓一定要让她考上大学。现在，你在北方，她在南方。

你的心曾悲伤七次，第四次是为了骗你的人。

你在雪地里等他，是2009年的冬天。那一天，《阿凡达》在国内首映。南京路到处是手牵着手排队买票的情侣，天空飘着小雪，你一个人孤零零地站在马路边，瑟缩着发抖。你看着远处若隐若现的霓虹，手机开了又关。他答应来陪你看《阿凡达》，但此时已接近午夜十二点。雪越下越大，三三两两的情侣看完电影后心满意足地离开，男孩解开宽大的羽绒服把女孩罩在怀里，而你还是挨冻孤单的一个人。

你对自己说，这是最后一次给他打电话，手机“嘟”了好几声没有人接。他骗你一个人傻傻地等在这里，你关掉手机，用力地攥紧，眼泪一滴一滴地落到地面上，很快被积雪覆盖。一把伞罩在头顶，接着是一双手，手上攥着两张电影票。“最后一场，还来得及吧……”

你再也忍不住，扑进他的怀里放声大哭，不知是气恼，还是感动。

你的心曾悲伤七次，第五次是为了伤你的人。

你离开这座城市，是2010年的秋天。兜兜转转，四年已过，从南方到北方，从南京到北京。那时候高铁还没有开通，飞机票还舍不得买。你拖着沉重的行李箱，撇开前尘和过往，离开熟悉的城市，来到陌生的城市。你满以为他会来车站接你，给你一个深情温暖的拥抱。现实是，北京的秋天雾霾重重，大街上很多人戴着白色口罩，面无表情，你认不出谁是谁。你按照他给的地址辗转地铁、公交，来到荒无人烟的郊区。他只是让他的同事来接你，你坐上黑车，一路疾驰。你给他发了条短信，他一直没回。

那个夜晚上演了一场“北京爱情故事”，他很晚才回家，一身酒气也掩盖不住衬衫上浓烈的香水味。站在十平方米不到的出租屋，四面白墙，空空如也，他含糊不清地说：“这就是我现在的生活，你还愿意跟我一起吗……”你失望地拉上没有打开的行李箱，走出门，泪流满面道：“我来就是为了和你生活，而你的生活里已经不需要我。”

你的心曾悲伤七次，第六次是为了救你的人。

你感到生无可恋，是2012年的冬天。据说，那一天是世界末日。你觉得，遇见的人、发生的事都是命中注定的。亲人离世、丈夫出轨、丢掉工作、债台高筑、朋友渐行渐远……一桩一桩都是对人生最沉重的考验。你知道生命可贵，但无论怎样拼尽全力挽回，都回不去了。你自暴自弃，患上抑郁症，夜夜失眠，从失去一切的悲伤和噩梦中惊醒，度日如年。你觉得人生没有再继续下去的必要了，对这个世界充满恐惧和绝望，唯有结束才能让自己解脱。

你特意选了一个意义非凡的日子，对这个世界说“再见”。当你站在窗台上，俯瞰熟悉的夜景，天上的星光与地上的灯光交相辉映，汇成一条美丽的星河。你闭上眼，张开双手，就要跳入广袤灿烂的星河中。一个人从身后拉住你的手，你回过头，女儿泪眼蒙眬地看着你，对你说：“妈妈，不要离开我……”你恍然惊醒，世界末日还没有来，为了她，你也要活下去。

你的心曾悲伤七次，第七次只是为了你自己。

你回到家乡，是2015年的春天。在外漂泊近十年，累了，想歇一歇。当年一起闯天下的小伙伴，有的在异乡安家落户，娶妻生子；有的开了公司，有房有车；有的还在漂着，一个人变成两个人，一起奋斗……而你孑然一身，什么也没留下，什么也没带走。三十岁在向自己招手，如果当初不一意孤行去外面闯荡，现在是不是已经娶妻生子，有幸福美满的家庭了……你轻声问自己。

人生没有如果，也不可能从头再来。回到十年前，背着行李，在亲人的目送下，登上火车，越走越远。这些年经历得够多，体会得够深，从懵懂莽撞到成熟懂事，即使一无所有，心中也是满满当当的。这就是年轻的历程。人生没什么好后悔的，经历才会懂得：十年前，为自己奋斗；十年后，为自己生活。

你的心曾悲伤七次，从此以后，不再悲伤。

## 怕冷的女子，心一定是凉的

夜晚独自去看《黄金时代》，三个小时的放映，结束时已经是午夜十二点。不少人提前离席，能坚持看完的寥寥无几。我是最后一个离场的，听完音乐，看完所有字幕。

萧红是民国四大才女之一，与张爱玲、庐隐、石评梅齐名。萧红的一生，比她写过的任何作品都要生动、深刻。

开场一片漆黑，银幕慢慢亮起来，汤唯饰演的萧红出现在银幕正中间，梳着两条辫子，留着整齐的刘海，脖子上扎着一条白丝巾。这是她1936年的形象，二十五岁，一个少女刚刚走向女人的年纪。

“我叫萧红，原名张乃莹。1911年6月1日，农历端午节出生于黑龙江呼兰县的一个地主家庭……1942年1月22日中午11时，病逝于香港红十字会设于圣士提反女校的临时医院。享年三十一岁。”

开场时，一个女人把一生的墓志铭轻轻地念出来：生于何时、何地，死于何时、何地。好像说的是别人的故事，全然与自己无关。编剧固然有他的坚持和执着，这样的开场对萧红的人生而言，有太多不可承受之轻。她的一生就像她的语调和神情，清冷而飘忽，把生死看得很淡。

《呼兰河传》中，萧红回忆童年的家乡：“我家后花园五月里就开花的，六月里就结果子，黄瓜、茄子、玉蜀黍、大芸豆、西瓜、西红柿，还有爬着蔓子的倭瓜。但我家的院子是很荒凉的……”

女人年轻时颠沛流离，反抗命运，不惜决裂、逃离、抗争。她千方百计想要挣脱命运的枷锁，最终被命运颠覆。那年她怀着孩子，因为交不起房租被旅馆老板拘在楼上，正值哈尔滨发洪水，她挺着大肚子从二楼的窗户里爬出来，奋不顾身跳到楼下的小船上，因重获自由开怀大笑，丝毫不曾顾虑倘若跳下来发生意外，将会一尸两命。

她对孩子淡漠近乎绝情，一生怀过两次孕。第一次与她的未婚夫，因反抗父母之命逃出来，兜兜转转和未婚夫再次相遇，两人有了脆弱朦胧的爱情，她为他怀了孩子。当初死也不肯嫁给他，现在想跟他在一起，对方却解除婚约。她爱，也恨，生下孩子送给别人。

第二次和萧军，在她最困难的时候萧军施以援手，带她走上文学青年之路。她和萧军命中注定，爱了他一生。“二萧”曾经是文坛佳话，但最终也没能逃脱爱恨决裂、分道扬镳的结局。命运似乎格外考验萧红：她的人生，大起大落，大喜大悲；她的爱，浓烈激荡，奋不顾身。

战乱时代，她怀了萧军的孩子到处逃命，没有地方住，带着凉席和铺盖卷找朋友借住。她在露天的阳台上铺开席子，挺着大肚子坐上去，抽一根烟。外面炮弹乱飞，轰隆声此起彼伏，人人四散逃亡，天仿佛随时要塌下来。她静静地看着外面，世间纷纷扰扰生死离合都不能动摇她，也不能让她倒下、投降。

许多女孩子也许第一眼看着不是特别漂亮，但她们勇敢、坚强、善良、独立。她们对这个世界有着最美好的愿望，尽管如梦似幻一触即碎，那又如何……我只身一人，双手筑就我的王国。我会让你知道，有一种女人，是用再贵的房子、再炫的车、再宏大的世界观都装不下的，智慧和胸怀骗不了她的眼睛，纵使孤独。

萧红无疑是这样，不是很漂亮，甚至有点粗俗。她的一生在饥寒交迫中度过。让人印象深刻的一幅场景是萧军带她去小饭馆吃饭，两个人挤在一群衣衫褴褛、举止粗鲁的男人中间。萧军拉着萧红挤到一张桌子前，和一帮男人拼桌。萧红不时回头看厨子烧的肉丸子，肉香四溢，垂涎欲滴。她眼巴巴地望着萧军，想吃又担心没钱。两个人看着彼此，因为一碗肉丸子，感受到从未有过的渴望与靠近。

因为同样的渴望，也因为相同的梦想，他们走到了一起。萧军大踏步地走在前面，萧红趺趺撞撞地跟在后面。冰天雪地，霓虹初上，他们一前一后，经过一家卖零食的小店，萧红停下来，掏出仅剩的一点钱买了两颗糖，跑到萧军面前，递给他一颗。两个人望着彼此，剥了糖纸将糖塞进嘴里，甜甜的，好像童年的味道……爱的味道。

那是他们一生中，最壮丽的爱恋。

“春夏秋冬，一年四季来回循环地走，那是自古就这样的了。风霜雨雪，受得住的就过去了，受不住的，就寻求着自然的结果。那自然的结果不太好，把一个人默默地一声不响地就拉着离开了这人间的世界了……”

童年，雪天，寒冷。

大雪纷飞，七八岁的小萧红一个人站在院子里，望着院子西南角，两个人打着鼓跳大神。二十年后，二十六岁的萧红东渡日本，院子里无声地下着雪，她一个人站在走廊里抽着烟，遥看落雪。

“怕冷的女子，心一定是凉的。”

萧红总是在度过生命的冬天。无论春、夏、秋、冬，无论战乱年代还是和平净土，寒冷如影随形。她似乎不怕冷，在白雪皑皑的天地间燃烧着生命的火焰。她似乎又很怕冷，蓝棉袄、白围巾、瘦小的身体深深地蜷缩起来，不让岁月的风霜雨雪将心中仅剩的一丝余温带走。

“我懂得的尽是些偏僻的人生……我是从祖父那里知道，人生除掉了冰冷和憎恶之外，还有爱和温暖。所以我就向这‘温暖’和‘爱’的方面，怀着永久的憧憬和追求……”

这或许才是她一生最好的“黄金时代”。

## 我站在你最爱的雨里，却不敢站在你身边

和灵修八年后重逢，约在星巴克见面。家乡的变化很大，道路宽了，沿路盖了许多房子，电影院、咖啡厅、购物中心、高级酒店……商业化与娱乐化的建筑设施随处可见。感叹它变得繁华的同时，也生出一种沧海桑田之感。

我们是高中同学，毕业后各奔东西，这些年和我唯一有联系的只剩下她。见面无太多话可说，环境太嘈杂，到处是约会的情侣和叙旧的同学，我们坐在僻静角落，许久沉默不语。这种见面似乎就是一种过场形式，很多话憋在心里，只得相对坐着，连看对方一眼的勇气都没有。

曾经亲密无间的关系，随着时间慢慢疏远。无可奈何，假装不动声色，内心百转千回，感觉某种隐秘的气流缓缓流过。抬起头来，微微一笑，说："你还是那样，一点都没有变。"

是啊，一点都没有变。

回到很多年前，我们还是高中生，坐前后桌，上课偷偷传纸条，用黑色水笔在纸巾上写字，夹在课本里来回传递。晚自习埋头发短信，那时还用小灵通。"最后一节课不想上了。"她突然发来短信。"好，那我们去操场上看星星吧。"

每天早上，她都会骑车在我家的巷子前等我，给我带热腾腾的包子和豆浆。每天晚上，我们一起下晚自习去吃夜宵，有时候是馄饨，有时候是麻辣烫。每个周末，我们一起做作业、看书，通宵看碟，困了倒头就睡。记忆最深刻的一次，是下雪天。她载我回家，在巷子的交叉口，昏黄的路灯将我们的影子照得朦胧虚幻，她突然停下来，一只脚踩进雪里，积雪淹没脚踝。她说："知道我为什么骑车吗？路太远，雪太厚，我怕不骑车就赶不上别人了。"

毕业前夕，我们因为一件事闹得不愉快，说了很多绝情的话。她撕碎了我写给她的所有信件，我把她送给我的佛珠手链扔进抽水马桶。之后一直没有再联系。大学毕业，我离开待了四年的城市，换了手机号码。有一天，突然接到一个陌生短信："你是苍蓦吗？你去了哪里，我找了你好久……”高中时，我们互取笔名，她叫灵修，我叫苍暮。传纸条和写信都用这两个名字亲切地称呼对方，仿佛这样我们的关系就会与别人不同。

她大学毕业去荷兰读研究生，两年后回国，在上海工作。家里给她买了房子和车，生活安定优渥。她跟我讲起荷兰的留学经历，为了逃避集体生活出去租房子住，她的学校在荷兰南部，她搬到荷兰北部，开车去上学。为了体验荷兰的开放程度，“黄、赌、毒”全试过，在赌场玩到高级会员、在同性恋酒吧看性爱表演、在游轮上和当地鬼佬吸大麻。晨昏颠倒，醉生梦死。

毕业回来后，因为不适应国内的生活节奏，大半年窝在家里不出门。她说，最离谱的时候她一个月都没出门，手机关机，只靠一台电脑维持生活。父母以为她出了事，从老家赶来，看她是不是还活着。她说起这些，语调轻松，神情寂寞。

“我好像什么都有了，又好像一无所有。以前总觉得人生要疯狂放肆地过，不枉活过一回。过了这些年，生活的激情渐渐消退，当初的理想已经磨灭，麻木不仁，挥霍着人生，挥霍着父母给的钱，辜负他们的希望。”

没有谁比谁好，也没有谁比谁不好。好与坏真的都是非常私人的感受。当我们还在拼命靠自己如何拼搏、如何扎根，梦想着有一套房子和一辆车时，当初和我们一起读书、玩笑着说要一起闯天下的小伙伴们，他们已经有了房子，有了车，出过国，有过一直艳羡但这辈子也许都无法得到的人生体验，在梦寐以求的城市轻松扎根，拿到户口本……请不要觉得，这是上天对你的残忍和不公。你活得辛苦，但是知足。他们未必活得快乐，永不满足。

她的QQ和微信至今都用“灵修”这个名字，她说这是她一辈子的束缚，也是一辈子的幸运。她在微信里写道：我很难把我对光明、对生活的爱，与对我要描述的绝望经历的依恋分离开来。但凡想起在荷兰住在三楼的日子，都是孤独的时光，孤独得没有一丝缝隙可以渗透进别的任何情感的程度。当时倘若只有一道微光，我的心中就会充满模糊而不安的快乐。只可惜，那方天地里群鸽的飞翔，只能让我更加感觉到自己灵魂的干涸。

我们活着就是被微小的尘埃操纵着，懵懂地生，懵懂地死。这一生有没有一件值得的事，有没有看够的风景和永恒的情谊。有时候，觉得世界是这样有趣；有时候，觉得人生了无声息。心中好像有许多放不下，又好像从来了无牵挂。岁月的长河留不下生命归于尘土的痕迹，人生假象生生不息。

那句话是，我站在你最爱的雨里，却不敢站在你身边。

八年前六月的中午，考完最后一场，天气燥热得厉害，几声闷雷滚过，豆大的雨点随即落下来。很多人没有带伞，纷纷冒雨跑出去，我是最后一个离开考场的。站在走廊下，看着阴郁暗沉的天，雨越下越大，地上泛起大片的水花，像一朵朵盛开的白莲花。突然有一把伞在旁边打开，白色透明的伞将天空衬得遥远明亮。她转过脸，将伞挪到我的头顶，替我遮风挡雨，然后说："苍蓦，明年再见。"

想着想着，微微笑起来。八年后，又是一个下雨天，她开车来接我，我撑着一把伞站在巷子口等她。看到她从车里出来，雨点很快打湿她的衣服、头发、脸，四目相对，隔着数年时光，隔着我们整个青春时代……我将伞递到她的面前，轻声说："灵修，好久不见。"

# 眼睛为他下着雨，心却为他打着伞

真真是室友的同事，有一天，来家里借住。眼睛肿了一大块，脖子上有勒痕。室友叹口气，悄悄对我说："那是被她丈夫打的……打一次跑一次，都不知道多少次了。"

真真和老公是大学同学，大学毕业两人结婚，没多久有了孩子。真真在家里当起了全职主妇，这一当就是八年。这八年间，老公从一名小职员做到公司老板，带一个三十多人的团队，从月薪几千到年薪百万，在郊区买了房。而真真，一如八年前，空有学历没有工作经验，人生最宝贵的时间都用来相夫教子了，而立之年想为自己找份工作，高不成低不就。老公非但不支持鼓励她，反而嫌她拖后腿，动辄打骂叫她滚出去。

每一次，被老公打了她就哭着跑出去，在网吧待一夜或者去同事家蹭住几天，等老公来找她再回去，两人和好如初。没过多久故态复萌，老公喝得酩酊大醉回到家里，将她当佣人使唤，一不高兴就对她拳打脚踢，把她反锁在门外。清醒后给她买衣服和包，向她解释是工作压力大心情不好，求她看在孩子的分上原谅自己。

刚开始是因为孩子，她逆来顺受，什么都能忍。自卑、懦弱，觉得自己没有能力，不美丽也不再年轻，丈夫嫌弃是理所当然，何况还有孩子，要给他一个看似幸福完整的家庭。丈夫醉酒口不择言，数落她这些年都靠他养，吃他的、住他的、用他的，离了他就是个废人。他却忘了，当初是谁苦口婆心劝说妻子放弃工作，为他生儿育女，给他一个温暖踏实的家，一个无后顾之忧的依靠。

时间久了，她变得麻木，打不还手骂不还口，孩子也不管了，只知道逃。短则几天长则数礼拜，把孩子扔给婆婆，去离家很远的地方打工。她意识到再不反抗这辈子会被折磨至死，说不定哪一天老公带着离婚协议回来逼她签字……她会失去家、失去孩子、失去一切。

室友说，她这样一味逃避根本不是办法，要么就找丈夫好好地谈一次，要么就离婚。真真叹口气，说：“哪有那么容易啊……我以前只知道忍，想着息事宁人。他是醉糊涂了，借酒发泄，平时对我还是很好的，最起码我离家出走他会出来找我。现在他越来越变本加厉，打完我怕我跑了，把我的手机和身份证扣押，我哪里也去不了。我跑出来，他也不找我，知道我没有手机和钱哪儿也去不了，熬几天还得乖乖回家……何况，我放心不下孩子。”

他们是大学同学，两个人都是从小地方来北京打拼的。当初丈夫创业，她把攒下来的积蓄和父母给她买房子的钱全部用来资助丈夫。丈夫为了让她安心，立刻与她结婚，并承诺以后赚了钱都交给她，给她买房子，房产证上写她的名字。熬过了这么多年，他赚了钱，买了房子，却没有把钱交给她，房产证上也没有写她的名字。每一次管他要生活费、孩子的学费都要看他的脸色，还要讨价还价。他不准她去他的公司，不准她出去找工作，更不准她交朋友。她瞒着丈夫偷偷找了份工作，还要让老板和同事保密，不能让他知道。终于有一天，被丈夫发现，他闹到公司，她颜面尽失，被迫辞职。

“每次他都到我工作的地方来闹，我根本不能有工作。可没有工作，哪来的收入呢，我一点积蓄都没有，就算离了婚，孩子也不可能跟我这个一无所有的母亲生活……我连自己都养不活……他这么做就是让我永远都离不开他。”

他就是让她永远离不开他。真真内心明白，没办法挣脱，没办法抗争。社会地位的悬殊、家庭关系的不对等，从一开始，真真就处在劣势。爱情和誓言能维持几年，独立和底气才是最重要的。倘若真真有稳定的工作，有自己的积蓄，不靠男人也能过得很好，真真的丈夫怎么敢有恃无恐地欺负她，口不择言地侮辱她……年轻时不自知，年长后不自爱，一意相信爱情会给自己一座华丽的金屋。金屋藏娇也就几年，等到色衰爱弛，金屋会变成囚禁自己最坚不可摧的牢笼，禁锢了爱和自由。

“日子不是用来将就的，你表现得越卑微，幸福就会离你越来越远。”

亦舒的《我的前半生》里，女主人公子君的状况与真真相似，幸运的是，她没有遭到家暴。子君大学毕业就结婚做了家庭主妇，三十多岁遭遇丈夫变心，为他生了两个孩子之后被迫离婚。她一点工作经验都没有，只能从打字员做起，她一直以来都有梦想，只是因为丈夫和家庭被扼杀，直到丈夫移情别恋、一夕间家破人散才幡然醒悟：女人一定要独立，这世界什么都是假的，只有自己的才是真的。离婚后重返职场，从头学起，学陶塑当起了艺术家，国外邂逅钻石王老五，成就一段好姻缘。丈夫回心转意想与她重归于好，她高傲地拒绝了，让他念念不忘。

然而，小说毕竟是小说，是作者给予世界所有不公与悲哀的一个幻梦般的圆满收尾，这很清醒，也很残酷。这世间，很多人过着如真真般的生活，却做不了子君式的梦。爱情失去了，不会再有下一次了吗？婚姻失败了，一直痛苦地维持一个破碎的结局吗？

大部分的痛苦，都是不肯离场的结果。没有命中注定的不幸，只有死不放手的执着。

真真和子君，如同女人的前半生与后半生。所有的痛楚和苦难，都可以用爱、自立和自愈洗去。即使眼睛为他下着雨，心也可以为他打着伞。这把伞遮挡的不只是暴风骤雨，不只是冰雪寒霜，在给予他人安全和温暖的同时，也给自己抵御和保护。

让他习惯也让他知道，从来都不是你给了我、你保护我，而是我给了你、我守护你。心是对等和相互的。有一天当眼角的泪不再流淌，当心上的伞不再打开，你失去的不只是一段情，不只是一个我……是生命中得到的最后一滴雨露，最后一次宽恕。

# 你必须相信，有些东西并不牢固，但你必须依靠

这几年，总觉得时间过得太快，眨眼之间如光线遁没。有句话是："一万年太久，只争朝夕。"是的，岁月在慢慢变少，一寸一寸，只争朝夕。

翻开旧的日记本，入目是十年前写下的一行字：你不在的时候我想了很久，从文学梦、电影梦、爱情梦、青春梦……对前程未来充满无从预知的担心与疲惫，又包含亟不可待奋力脱缰的欣喜与不信。

短暂性失忆症，忘记见过谁，和谁说过什么话。却认命地记得，

生命中出现的最重要的人，和他说过的每一句话。那时作文中常见的句子是：“生命是一袭华美的袍，爬满了虱子。”想来是对张爱玲的天才梦触动良深。

那些个翻来覆去又覆去翻来的失眠的日子，总是念念不忘遗失的美好，在赠予故人的纸巾上一字一字写下：“我是不是已经死在了繁花似锦的某个时候……”思之深，悲之切，以黯然神伤都不足以形容梦境尚未铸成却被击碎的颓然。

晚自习时间跑到操场上吹冷风，深夜回家路经未关门的碟片行捧回一摞一摞的片子，每个午后在别人午休的时候用钢笔在本子上摘抄大段大段的文字，疯了似的抚摸与哀恋，于沉默中潸然泪下。

隔一段时间，强迫症与焦虑症并发。搁在枕边凌乱的书籍与唱片，一次次码上号重新排列，又烦躁地全部推掉，将盆栽丢到门边置之不理，墙上海报悉数扯下，看着一地纷乱的碎纸片心痛不已……就是这样周而复始折磨着过日子。

该如何从贫瘠刻板的轨道上脱离出来？

无数次反问自己，我想要什么？想过什么样的生活？

某个公共课堂，心不在焉地在纸上乱涂乱画，不曾想被老师点名，问我如何理解家的意义。一百多人的礼堂座无虚席，都是背井离乡外出求学不满二十岁的孩子。家，如同靠近不得的恋人，不能回头的归属。

那年我不满二十岁，而今二十五岁已过。骨子里仍如同少年时敏感彷徨，沉默隐忧。一页一页，看自己写下的发黄模糊的字。十六岁，对自己说，我第一次隐约发现内心深处潜伏已久的彷徨，竟然已经如此深重和悲凉，竟然有这么多的麻木在悄然侵蚀生命的激情。这使我凛然一惊，突然意识到，心在岁月中开始沧桑。

张爱玲说："有一天我们的文明无论是升华还是浮华，都要成为过去。然而现在还是清如水明如镜的秋天，我应当是快乐的。"

而我，不管怎样的年纪，看起来都不是那么快乐。学着从别人的言语里窥得那些纷乱前尘、醉笑离伤。听她们讲张爱玲、讲亦舒。说张爱玲是提香的术士，笔下的爱情是爱的极致，忘了琐碎。亦舒是司琴的琴官，穿素色衣袍，戴高耸的官帽，眼中有不可接近的严肃和清冷，即便她奏的是《后庭花》。

不谈激情，不谈堕落，不谈放纵，只研究如何在满目疮痍的虚伪中找一点真心。

我艳羡那些毫无顾忌直言内心孤独与荒凉的少年笔者，也有过类似深切感触与倾吐的欲望，却无从着笔。或许很多人觉得顾影自怜，无病呻吟，站在现下的年龄回头重看亦觉得言语过于苍白，辞藻过于堆砌，但即便如此，仍愿沉迷其中。这大概也是一种执梦的方式吧。

“曾几何时，丢失了自己，忘记了身后有过灿烂星辰、书剑琴棋的梦。”

写作，是把丢失的自己找回来，圆一场灿烂星辰、书剑琴棋的梦。四年前大学毕业，对自己说，我不知道未来能做什么，别人需要我做什么。但我知道，只要还有一口气在，只要还向前看，我就一定会做到我想做的样子，这就够了。

那个留着长发，穿着长裙，背双肩包，怀抱一摞书籍和笔记本电脑，戴着耳机，经常流连在图书馆与教学楼，看着宣传板上他人照片与毕业感言的女孩，真的长大了……变成现在的样子：齐耳短发，穿大衣短裙，背单肩挎包。不变的是，怀抱一摞书籍和笔记本电脑，戴着耳机，流连在书店、咖啡馆、公园。

耳畔是张悬的《南国的孩子》，她用低沉婉转的声音唱着：“你是南国来的孩子，有着不能缚的性子，身上披覆了寓言而浑然不知……你是南国来的孩子，人要爱人要恨的样子，血里流传着远在古老的故事。手心刻画上帝的仁慈，与未知相似，与未知相似……”

你必须相信，有些东西并不牢固，但你必须依靠。

Chapter 03

# 看一次日出

## 我不在你身边时，愿阳光能温暖你

当我不在你身边时，愿你早睡早起，作息规律。

当我不在你身边时，愿你一日三餐，健康饮食。

当我不在你身边时，愿你清晨跑步，夜晚读书。

当我不在你身边时，愿你生活独立，无事烦忧。

当我不在你身边时，愿你每天都有一个好心情。

当我不在你身边时，愿你每晚都做一个美梦。

当我不在你身边时，愿你能经常打扫屋子，给花浇水，给狗洗澡。

当我不在你身边时，愿你能动手做一顿美味佳肴，自己犒劳自己。

当我不在你身边时，愿你周末不要虚度，学一门手艺。

当我不在你身边时，愿你坚持背单词，尝试自己翻译。

当我不在你身边时，愿你坚持运动，保持健康美丽的身材。

当我不在你身边时，愿你经常去书店，不要只逛商场。

当我不在你身边时，愿你不要整天对着电脑淘宝，多在客厅走动。

当我不在你身边时，愿你不要一边走路一边刷朋友圈，注意安全。

当我不在你身边时，愿你养一只宠物，让它代我陪着你。

当我不在你身边时，愿你善待身边每一个人，珍惜每一段缘分。

当我不在你身边时，愿你多出去走走，不要总是宅在家里。

当我不在你身边时，愿你多结交朋友，不要怕接触陌生人。

当我不在你身边时，愿你克服困难，认识到自己的缺点。

当我不在你身边时，愿你跨越障碍，不要被环境束缚。

当我不在你身边时，愿你少说多做，学着成为一个倾听者。

当我不在你身边时，愿你每晚花一点时间，记录一天的生活。

当我不在你身边时，愿你懂得宽容与爱，做生活的智者。

当我不在你身边时，愿你孝敬长辈，关爱亲人，和同事和睦相处，与同学保持联系。

当我不在你身边时，愿你经常和朋友小聚，给远方的家人打一个电话。

当我不在你身边时，愿你不要计较当下的得失，拓宽自己的视野和远见。

当我不在你身边时，愿你从别人身上学到经验和智慧，端正心态。

当我不在你身边时，愿你不要拼房、拼车、拼工作……总之，不要太拼了。

当我不在你身边时，愿你去了一直想去的地方，做了一直想做的事，见了一直想见的人。

当我不在你身边时，愿你生活没有负累，每个月都能存下钱。

当我不在你身边时，愿你一个人也能好好的，不要太想我。

当我不在你身边时，愿你被一部电影打动，被一首歌感动，被一本书触动，然后告诉我。

当我不在你身边时，愿你就像我在你身边一样快乐。

当我不在你身边时，愿你不要再靠吃安眠药睡觉，数羊就能睡着。

当我不在你身边时，愿你不要再看心理医生，自己能好起来。

当我不在你身边时，愿你天凉了记得穿衣，感冒了记得吃药，想我了记得打电话。

当我不在你身边时，愿你别什么都自己扛，别把委屈一个人吞，让我听到你的哭声。

当我不在你身边时，愿你给我写信，不要只是在朋友圈里默默地点个“赞”。

当我不在你身边时，愿你能告诉我你的近况，与我分享你的心事，让我分担你的压力。

当我不在你身边时，愿有一个人替我好好照顾你，逗你开心，陪你吃饭。

当我不在你身边时，愿你安好，我心足矣。

当我不在你身边时，愿我一直住在你的心里。

当我不在你身边时，愿人生若只如初见。

当我不在你身边时，愿大海能让你平静。

当我不在你身边时，愿风指引你的道路。

当我不在你身边时，愿月亮代表我的心。

当我不在你身边时，愿阳光能温暖你。

## 优等的心，不必华丽，但必须坚固

读《闺秀行》，里面说："在汉语中，女性身份的定位是细致之极，纹理严谨。一样是有身份的女性，就有淑女、名媛、贵妇、女史……其中，我特别喜欢'闺秀'。"

旧时称有才德的女子为"闺秀"。《世说新语·贤媛》里有句话："顾家妇清心玉映，自是闺房之秀。"闺秀讲究出身，不同于一般富家女，闺秀的气质高贵娴雅、眉目疏朗，尤其在社交场合，知书达理、落落大方。古时有谢道韫、李清照这样德才兼备、好出身的闺秀，民国时代涌现出一批大家闺秀，宋庆龄、张爱玲、林徽因、陆小曼、杨绛……她们家世显赫，才情卓雅。“合肥四姐妹”中的张充和，被白先勇称为“最后的大家闺秀”，琴曲书画样样精通，有着大家女子的风范气韵。

现代潮流元素第一次进入中国，便深深影响着当时的女性，改良旗袍、珍珠项链、高跟鞋……这些标志着中国女性走向现代的外化符号，正从内心潜移默化地影响着她们。纵观各路闺秀，她们有着深厚的传统文化底蕴，独立、自主、坚强兼不失傲骨，关注社会，热心女性解放与独立运动。于是“闺秀”，这个在旧时被束之高阁的称谓，成为一个时代女性的风貌与精神风范。

陈丹燕在《上海的金枝玉叶》中描写永安公司的郭小姐：“走在她身边，我们三个年轻女人倒像是男人，慌慌张张，笨手笨脚，粗声大气，她八十岁了，依旧是女子的精美和爱娇。”

我眼中的闺秀，独坐高楼略带春愁，几许孤单落寞，捧一卷书，姿态优雅娴静，有意无意地眺望着远方。她们往往与所处的时代有一点隔阂，含着孤芳自赏式的娇矜。她们笔下的文字总带着一缕惆怅，笔调轻且软。她们多半自说自话，沉浸在芳香孤独的花园。而你会发现，她们的作品有着深厚的艺术修养和高雅的人文情怀。读她们的文字，在感悟美的同时，也触碰到了一颗优等的心。

对于现今的女孩子，大概能有一间自己的房，摆着心爱的毛绒玩具；能不用每天挤地铁，花一个月工资买一件昂贵的裙子不被来来往往的人蹭坏；买一只惦记许久的香奈儿拎包，里面只装一管口红……抑或想要结婚的女孩与男友分享一间婚房，不再标榜裸婚只是出于当下的潮流，背地里偷偷咽下拿不下“香格里拉”的心酸。

看《宋氏三姐妹》，开场说道：“在遥远的中国有三个姐妹，一个爱钱，一个爱权，一个爱国。”宋家三姐妹，宋霭龄代表的是金钱，宋美龄代表的是权力，唯独宋庆龄代表的是中国的“仁”，大家的“秀”。

近现代中国，大概再也没有一个女人能够站在宋庆龄的高度。她出身名门，家族是民国四大家族之一。父亲是实业家，也是孙中山的朋友。她自幼受父亲的教育和影响，少女时代在美国接受欧洲式教育，受到民主主义的洗礼。她的一生，始终伴随着一个伟大人物——孙中山。

爱国的宋庆龄，凸显了她在乱世中举足轻重的女性地位。七岁入当时上海最负盛名的女子贵族学校中西女塾，十五岁赴美留学。年轻的宋庆龄聪敏好学、思想活跃，经常参加学校活动。当听到辛亥革命胜利的消息时，她热情地欢呼辛亥革命是“二十世纪最伟大的事件”。也许正是这“二十世纪最伟大的事件”，为她今后的人生奠定了基础，也成就了她与孙中山的一段“革命爱情”。

“从美学成后，我面临各种机遇，但我选择了做中山先生的学生，至今我不后悔。一个人要实现自身价值，要有追求，追求是人类最神圣的事业和美德，甚至高于爱情。这是常人难以理解的。我这样做了，实际上也是中山先生对我的考验。至于我和中山先生的结合，那是日后我们志同道合的缘故，是顺理成章的事。”

如果时光倒流，我想她仍旧不悔当初的决定。违背父母意愿，不惜与家人决裂，只为她的理想与追求。孙中山先生的理想便是她的理想，孙中山先生的追求便是她的追求。当她决定追随一生的挚友与爱人时，她舍弃了一份平淡安稳的婚姻，舍弃了锦衣玉食的生活，舍弃了父母、兄弟、姐妹、孩子……

人生最难做到的两件事是“舍得”与“放下”，她都做到了。

“假如一切事情要再重复一次的话，我还是愿意同样地生活。”

这是宋庆龄生前说过的一句话。张曼玉的表演让人动情心碎，她是最适合也是最好的演员。

1925年3月，孙中山病情恶化。11日凌晨4时，已经到了昏迷状态，宋庆龄在一旁侧面垂泪，悲怆不已。孙中山虚弱地安慰她说：“亲爱的，你不要悲哀，我之所有，即你之所有。”宋庆龄摇头痛哭道：“我一切都不爱，爱的只有你而已。”

你是否也希望有一个爱至血液的人，与他生，为他死。很难想象在没有爱人的日子里，余生的数十年是如何过来的。失去亲人，失去伴侣，失去朋友，只剩下一个孤独的老人，每天在黄昏时分看着天上的鸽子。她爱鸽子，每天喂养它们，学会鸽子的叫声，鸽子一听到她的叫声就飞回来。她说，鸽子是一种非常文雅的飞禽。而她养鸽子也是为了纪念她的先生，他喜欢鸽子，更重要的意义是，鸽子象征“和平”。

我喜欢插画家钱海燕说过的一句话：“女人的完美人生是，一生走过很多地方，始终睡在一个人身边。”

我不会忘了长久以来的心愿：一生要走过七十个国家，始终爱一人。一群人的世界热闹而喧哗，一个人的世界简单而安静。想象未来的生活，每天清晨醒来，微光渐亮，天边一道绯红朝霞，翠鸟啼鸣，飞到窗台上，倏忽飞向遥远的天际。对着窗外，铺开一张宣纸，轻蘸墨汁，今天画兰花，明天练“静”字……这样无忧无虑的生活，想了很多年。

合上书，闭目沉沉睡去。梦里变成另一番样子，穿着及膝旗袍，戴着珍珠项链，像一个真正的大家闺秀，临窗而立。可无论如何变，心永远不会变。且记住，时光未淡，心性不灭。

优等的心，不必华丽，但必须坚固。

## 只要信念还在，一切都还来得及

堂哥的孩子今年十六岁，很有主见。喜欢唱歌，偶像是张学友和周杰伦，他们的每一首歌他都会唱。喜欢打篮球，最喜欢的篮球明星是科比，是校篮球队的队长和出色后卫。喜欢骑单车，利用寒、暑假骑行去郊区、邻市，已累计走了几千公里。英语不好，唱英文Rap却很拿手，加上帅气的外表、喜欢戴棒球帽，被同学赞为校园“贾斯汀·比伯”。

然而，在父母和老师的眼里，他是另一番模样。成绩不好、不学无术、生性懒散、胸无大志……是注定没有前途和被社会淘汰的所谓

“差生”“问题少年”。老师把他的座位安排到最后一排的角落，上课从来不叫他回答问题。父母与他沟通甚少，长期在外出差，每次回来见到他的第一句话是：“这次考了倒数第几？”

他小时候很淘气，喜欢问这问那，经常动手拆一件东西再组装起来。家人看到，就会板起脸训斥他。放学回到家，家里已经吃完饭在收拾桌子，面对一桌子残羹冷炙，他放下书包跑出去。长大后，他变得沉默寡言，拒人于千里之外。父母非常着急，当他们想要关心他时，他已经拒绝打开心门。迟到、旷课、不交作业、考试不及格……老师摇头叹息，这孩子再这么下去将来一定考不上大学。父母焦头烂额，威胁他：到了十八岁你再不长进就滚出去……面对老师的断言、父母的逼迫，他什么也不说，什么也不做，把自己关在房间，听着周杰伦的《听妈妈的话》，默默地流下眼泪。

我们如何断定一个人的好坏与未来，只是用固有的经验、片面的眼光去看待吗？每个人的表现，在一些人看来是负面，在另一些人看来却是可贵。他有别人没有的天分，也有别人看不到的努力和智慧。只是习惯了长久的被漠视与否定，不愿再遭鄙视再受伤害，宁可把心锁起来，默默地坚持自认为对的事。

回家后，他来找我，与我聊天，谈自己的理想和将来，说：“我有自己的想法，他们不懂。我想考音乐学院，将来当职业歌手。”他喜欢那个戴着黑框眼镜，唱歌微微歪着头，笑起来眼睛眯成缝的

“火星弟弟”，说：“我也可以像他那样……我再努力一些，再努力一些。”

我尝试与他父亲沟通，他父亲不屑一顾地说：“他这个年纪的孩子心思还不成熟，用空想逃避社会现实。那些在酒吧驻唱、去参加选秀的歌手到处都是，不缺他一个。我们既没有关系又没有那么多钱为他搭建一个不切实际的梦想，他怎么如此天真，不能像普通人一样安安分分地读书、考一个好大学呢？”

对此，我深有体会。当年，我也是因为觉得除了考出去才能实现自己的梦想外别无出路，才没日没夜地拼命学习。有理想总比没有好，比起每天浑浑噩噩裹足不前数着黄昏等着死去的那一天到来，有目标才有前进的方向，有想法才有努力的动力。只此一回，义无反顾，倾尽所有，才觉得没有白活一场。

西班牙《世界报》报道：“中国的高房价，毁灭了年轻人的爱情，也毁灭了年轻人的想象力。他们本可以吟诵诗歌、结伴旅行、开读书会，但现在，年轻人大学一毕业就成为中年人，像中年人那样为了柴米油盐精打细算。他们的生活，从一开始就是物质的、世故的，而不能体验一段浪漫的人生，一种面向心灵的生活方式。”

从少年到成年，从青年到中年，每一个阶段都有着数不尽的盲目烦恼、心灰意冷与自我厌弃。客观来看，貌似属于社会与环境的问题，其实是来自个人及周边的影响。行差一步，往往不经意的一个决定、一次偏离就会影响一生。别人无论想如何为你好，你觉得不好就是不好。相反地，那些对你使坏、让你退缩乃至放弃的人和事，看得不在意也就不能动摇和阻挡你。

在对的时间做认为对的事情。而处境是，在最好的时间做自认为最好的事。其实心里都知道，但实现远比付出难，宁可取一条日后会遗憾的捷径。生活当然需要视现实、社会而定。人在其中，改变和突破其实很渺小，只是在有限的时空里尽可能宽广，有几人觉悟而转身呢？心觉得是对的，那就是对的了。

在足够年轻的时候，在一切还来得及的时候，给自己的心一个指向。不用管现实多么残酷，不必想万一走错了该如何。在尚有精力和热血时，放手去追求，哪怕万箭穿心、遍体鳞伤，只要通向未来和成功的路在那里，只要向前走的力气还在，就给自己一个不留遗憾的交代。

只要信念还在，一切都还来得及。

## 生命必须有裂缝，阳光才照得进来

老家的房子拆迁后，很久没有回来。暮色沉沉，黄昏如披上一件深色的外衣。漫步在长满荒草的小路上，远处的一砖一瓦、一花一木，如今都不复存在，变成一片废墟。随着工业化城市的持续推进，拆迁的老区被规划为待开发的新区，满目荒芜，无人问津。

以前每一次回家，都要经过这条路。半人高的杂草，拥覆过来的翠竹，如同一片密集的丛林，洋溢着浓浓的绿意。麻雀从远方飞来，停在竹子上静立不动，俯瞰过往路人，像是善意的指引者：哪里有斜坡，哪处泥土浸了水不好走……它们发出类似警示的叫声，为农人驱除炎热与疲劳。夜晚有蝉的鸣叫，一浪高过一浪，将乡间小路点缀得异常热闹。一声一声，像情人间的密语，整个田野被笼罩在一片生机盎然的情趣中。

这条路不仅有夏虫的鸣叫，每天早晚固定的时间还会听到哗哗的流水声。各种声音齐聚，化作灵动轻快的夏之曲，浸透无限清凉。透过竹子的缝隙，大人、小孩坐在对面的斜坡上，将裤脚卷得老高，鞋子扔在一边，沿着土坡坐成一排，将双脚沉入坡下的水里嬉戏，间或发出咯咯的笑声。孩子们互踢水花，一轮一轮的水浪被激起来，打着旋涡，溅到对方身上。

小时候的我，外表看似乖巧，内里却偏执得很，一旦认定某件事就要进行到底。某天，母亲外出做客，在后院玩耍的我得到消息，拽着她的衣角央求她带我去。无论她如何诱哄劝导，我都不为所动，又哭又闹。母亲一气之下将我关进房间，三四岁的我固执地拍着门，哭喊道："如果你不带我去，以后就别想再带我去任何地方……我不会再坐你的车，坐了也把脚伸进车轮里绞掉……"

母亲唯恐我做出傻事，带我去做客。回家的路上，我坐在车后座上，夕阳如镶入油画般明澄圆润，竹子在风中倒伏，发出窸窸窣窣的响声，仿佛路人在窃窃私语。本是一句赌气的戏言，却有一股意念驱使我，做出不该做的事。脚伸入车轮只觉得一股巨大的冲力，身体失去控制，连预想的痛感都不存在，耳畔只剩下母亲撕心裂肺的呼喊声，冲撞心灵深处。

车子失去平衡，连车带人由坡路一路滚下去，落入湍急的水流中。母亲被大水冲出老远，我被压在车下动弹不得。水迅速淹没身体，呼吸变得困难，一双脚被车轮死死地箍住，露在外面的皮肤被一路碾过的竹梢和碎石戳破，鲜血直流。

那种窒息无力的感觉，至今难以忘怀。母亲为了救我，将手臂用力伸过来，被阻挡的竹尖刺中，皮肤划开一道深长的口子。她忍着剧痛，任由伤口扩大，水流迅速冲淡了不断涌出的鲜血。她的手，一点一点地靠近我、抓住我，然后对我说："你，相信妈妈吗？"

从小到大，我不轻易相信任何人，拒绝让他们在心中留下重要的分量。曾经以为偌大的天下没有人在乎我，即使累了、冷了很想有个怀抱依偎取暖，也决绝地不愿放手相信。因为一旦选择相信，便有了放松示弱的借口。

无人伸出援助之手。天寒地冻，路遥雾重，却忘了很多年前，当犯下错误的时候，有个人在身边，伸出受伤颤抖的手，试图将我拉出绝境，问我愿不愿意相信……时隔多年，当初的惨痛与血的代价已经慢慢淡褪，在感觉自己开始领悟，变得越来越像期许的那样淡定安然时，很想有一个人，可以去相信。

天空飘起小雪，月亮隐入云层里，细碎的雪末像放大的粉尘，漫天遍野地打着旋儿飘落。沿着小路沉默地走，不知走了多长时间，感觉远离那片田野，踏上一条平坦的大路。整齐排列的路灯下，雪如同落入凡间的精灵欢快地跳着舞，天地一片空茫。

如斯寒冷的夜里，风雪静默得发不出哀鸣，却有热泪溢出眼眶，缓缓滑落。你一定要知道，我其实并不矫情，可时光有着抚平心中积郁的力量。

从白天到黄昏，从黄昏到凌晨，窗外的云翻过几层，月亮圆了几轮，风霜雨雪，步步踩着艰难，迟迟不见升起的太阳。

这一生，我最大的愿望，就是能与我爱的人共享每一段时光。

千万里追寻，我多想与你执手相看，在一场雪里重温未见的佳境。

这一生，我最大的遗憾，就是人生太短，人世太长。

灯火中回眸，我还来不及报答，你给我所有的信任与温情，爱与眷顾。

请不要回头，不要因荆棘绕道，不要因风雪停歇，不要心有退却放慢脚步，不要露出软弱妥协的表情，哪怕耗尽最后一丝力气。请带着我，忍着伤痛，一路前行，冲破黑暗……一定能看见远处的光。

生命必须有裂缝，阳光才照得进来。

## 不乱于心，不困于情，不畏将来，不念过往

我欣赏民国的两位才子，一位是李叔同，一位是丰子恺。

丰子恺早年师承李叔同，学习绘画和音乐。1914年，从日本回国的李叔同在浙江省立第一师范学校任教，当时的丰子恺是他的学生。他形容李叔同对他的教育如“父亲”般，既仁慈又严厉。

“高高瘦削地穿着整洁的黑布马褂，宽广的前额，细长的凤眼，隆正的鼻梁，威严的表情。扁平的嘴唇两端常有笑涡，显示着爱的表情。讲台上放着点名簿、讲义、讲课笔记、粉笔等。谱表摆着，钢琴

衣解开了，琴头上放着一只怀表，闪闪发亮。黑板上早已清楚地写好本课内容。李先生端坐着，上课铃响，他站起身来，深深地一鞠躬，课就开始了……”

李叔同比丰子恺年长近二十岁，他的一颦一笑、为人处世、绘画和音乐上的造诣深深地影响着年轻的丰子恺。四年后，李叔同出家，丰子恺写下《怀念李叔同先生》纪念恩师。因为李叔同，丰子恺自此与佛教结缘，他的散文和绘画透着浓浓的禅意。

1927年，改名“弘一法师”的李叔同来到上海，到丰子恺的寓所叙旧。弘一法师为丰子恺的漫画题诗，名曰《护生画》，“戒杀生爱生命”之意。丰子恺请恩师为寓所题名，弘一法师提议拈字抓阄儿，两次都抓到“缘”字，寓所得名“缘缘堂”。丰子恺更以寓所之名先后创作散文集《缘缘堂随笔》《辞缘缘堂》《缘缘堂再笔》和《护生画集》等。

1927年9月，丰子恺再次师从弘一法师，皈依佛门，法名“婴行”。

在历版《源氏物语》的译本中，我最喜欢丰子恺的译作。他在解释为什么要翻译《源氏物语》时说道：“记得我青年时代，在东京的图书馆里看到古本《源氏物语》。展开来一看，全是古文，不易理解。后来我买了一部谢野晶子的现代语译本，读了一遍，觉得很像中国的《红楼梦》，人物众多，情节离奇，描写细致，含意丰富，令人不忍释手。读后我便发心学习日本古文。记得我曾经把第一回读得烂熟……当时我曾经希望把它译成国文。然而那时我正热衷于美术、音乐，不能下此决心，况且这部巨著长达百余万字，奔走于衣食的我，那里有条件从事这么庞大的工作呢？结果这希望只有梦想而已。岂知过了四十年，这梦想竟变成了事实。”

后来再读林文月译本时，尽管惊叹于她更加含蓄精美的遣词造句，但依然怀念初读丰子恺译作时的欣喜与痴迷。便是从那时候开始，忍不住想要了解更多关于他的著作和人生。他与李叔同的师徒关系，在东京游学的经历……他的一生，和李叔同有着诸多相似的地方，然而他们的人生，却是实实在在的不同。

著名文学家、诗人俞平伯评价丰子恺称：“丰子恺出生时，他的母亲已生了六个女儿，他是家里的第一个儿子。因为父亲也只有一个妹妹，他便是丰家烟火得继的希望，备受宠爱。父亲为他取乳名为‘慈玉’，他确实是家人眼中的宝玉，祖母溺爱他，父母、姑姑疼爱他，姐姐们怜爱他，连家里染坊中的伙计们也喜欢他。丰子恺自小便被包围在脉脉的温情中，这种温情后来跟随了他一生，浸透在他的性格里，使他总是以温柔悲悯的心来看待事物，发散在他的笔下，变成平易的文字和纯仁的画风。”

花开花落，一片片落英，蕴含着人间的脉脉温情。

有一年冬天，大雪纷飞，旧上海一片凄凉。李叔同的挚友许幻园来到李家门前，对李叔同悲凉地说：“叔同兄，我家破产了，我要离开上海了，后会有期。”说完，挥泪而别。冰天雪地，李叔同久久站在门前，看着昔日好友远去的背影，感觉不到寒冷，只有满腔的离别愁思。不知站了多久，他返身回屋，含泪写道：“长亭外，古道边，芳草碧连天……”

这就是那首著名的——《送别》。

长亭外，古道边，芳草碧连天。
晚风拂柳笛声残，夕阳山外山。
天之涯，地之角，知交半零落。
一壶浊酒尽余欢，今宵别梦寒。

长亭外，古道边，芳草碧连天。
问君此去几时还，来时莫徘徊。
天之涯，地之角，知交半零落。
人生难得是欢聚，唯有别离多。

又是数年光阴过。已出师的丰子恺从老师那里学到了文学的精髓，悟出了人生的真谛，青出于蓝。他写下：“不乱于心，不困于情。不畏将来，不念过往。如此，安好。”

Chapter 04

# 种一株幽草

## 盆栽是我最好的朋友，从不烦我，还像我

当我孤独的时候，我要种一盆迷迭香。迷人的香气勾起往日美好的回忆，伴我安然入眠，不再觉得是孤单一个人。

当我失意的时候，我要种一盆杜鹃花。姹紫嫣红，芬芳美丽，看到它，就像置身空旷幽静的山谷，看到漫山遍野美丽的希望。

当我难过的时候，我要种一盆仙人掌。带刺的盔甲保护一颗柔软脆弱的心，却依然坚强地捍卫自己。它时刻提醒我难过总会过去，要变得坚强。

当我烦躁的时候，我要种一盆水仙花。素洁幽雅，香气怡人，当之无愧的“水中仙子”。每当看到它，心情就会莫名地平静下来。

当我郁闷的时候，我要种一盆三色堇。它是神的宠儿，维纳斯也会嫉妒它。而每一个见到三色堇的人，都会拥有美好的人生。

当我忧伤的时候，我要种一盆忘忧草。“焉得谖草，言树之背”，把它放在房间里，想起妈妈的话，她说永远爱我，忘记忧伤。

当我痛苦的时候，我要种一盆康乃馨。传说耶稣受难流下伤心的泪水，眼泪掉下来的地方长出了康乃馨，康乃馨治愈我的痛苦。

当我寂寞的时候，我要种一盆野百合。它为寂寞的人找到伴侣，祝福他们百年好合。而看到它，就会想起温暖的春天，因为野百合也有春天。

当我高兴的时候，我要种一盆红蔷薇。“我就是我，是颜色不一样的烟火，天空开阔，要做最坚强的泡沫。我喜欢我，让蔷薇开出一种结果，孤独的沙漠里，一样盛放得赤裸裸。”

当我自在的时候，我要种一盆吊兰。吊兰好养，生命力非常旺盛；吊兰自在，无论冬夏，安然自得。“何年一掬草，婆娑在盆中”，我想做一个像吊兰一样的人。

当我安静的时候，我要种一盆茶花。粉嫩娇艳，花姿丰盈。每当和它独处，心中有一股柔软的情愫流淌。它让我觉得自己是一个温柔感性但不失坚定的人。

当我想念的时候，我要种一盆天堂鸟。天堂鸟含有自由吉祥的寓义，它告诉我，无论何时，无论何地，永远不要忘记你爱的人在等你。

当我享受的时候，我要种一盆雏菊。既有清丽淡然的风度，又有天真烂漫的风采。不为谁开，也不为谁落，淡淡地享受美丽，享受生活。

当我爱恋的时候，我要种一盆合欢花。等到开花时送给爱的人，带着我最深的爱恋与最美的祝福，愿与他永以为好。

当我放下的时候，我要种一盆白玉兰。等到满树花开，洁白如玉，溢满清香，人生如同白玉兰，开花时丰盈向上，花落时轻盈落下。

当我幸福的时候，我要种一盆风信子。它的名字让我怡然，它的颜色让我温柔，它的姿态让我温暖，它的香气让我欢喜，它的花语让我幸福。

盆栽是我最好的朋友，从不烦我，还像我。

## 生活不是一种刁难，而是一种雕刻

从小到大，最现实的愿望是有一间属于自己的房子，大大的落地窗，阳光透过窗玻璃洒在温暖的木地板上，满室温柔敞亮。米色窗帘，绿色盆栽，蓝色墙纸，粉色沙发，白色书架，红色吧台，黄色吊灯，格子被单，条纹靠垫，印花地毯……以及各种各样摆满橱窗的杯子。为着这样一个愿望，独自在一座城市打拼。

记忆中住的第一间房子，是乡下的架梁式民房，正中小小厅堂，左右厢房作衬。正厅一面墙壁密密实实地悬挂着四幅年画，花鸟、山水跃然其上。大朵花团锦簇的牡丹，枝头新绽的寒梅，临水而居的水仙，翘首怒放的秋菊，另有鸣翠柳的黄鹂与上青天的白鹭。

乡下民居自带院子，硕大银杏树将院落密密实实地遮盖，如同强盛的福荫庇佑。春日，银杏树的枝叶尚未繁茂，春寒料峭，刚抽出些许嫩芽，风一吹，发出噼噼啪啪的轻微声响。春日渐暖，人愈发显得懒散，对于以耕作为生的农人来说，却是一年最为繁忙的季节。

幼年独自在家，不会走路的小小孩童，睡在几张沙发拼成的简易床上，眨巴着眼透过半掩的门看院里小鸡闲散啄食；鸭子刨坑，时而“嘎嘎”地欢叫两声；几只鸟落到门槛上歇脚，转瞬飞起，试图通过半敞的窗户飞进来，丝毫不畏生；狼狗耷拉着脑袋趴在树下，时而抬眼瞅瞅院子的入口，几只野猫经过，象征性地吼两声，继续闭眼假寐。

家里是最早购置电视的，九十年代初期，那时流行一部电视剧《渴望》。正值夏季，街坊邻居搬着凳子、摇着扇子跑来看，小小的院子挤满了人，像一个露天电影院。入了夏，天气燥热得厉害，蝉声聒噪个不停，远处青蛙的叫声此起彼伏。几声闷雷响过，随即豆大的雨点劈头盖脸落下，人们抱着孩子、夹着凳子纷纷跑到廊下避雨，东家长西家短地聊天，电视机里咿咿呀呀唱着片尾曲，一个热闹有趣的夜晚便这样结束了。

幼年的我，一年四季如此平静欢愉地度过。算不上宽裕人家，不能够随心所欲地买喜欢的东西，然而对于家，那个破落老旧的房子始终怀着一丝眷恋之情。沉郁的天空迟迟不放晴，整个大地荒凉而苍老，房屋连带院落没入混沌的大雾中，在一片灰蒙蒙的围墙前失了挺拔的姿态。懂事后随父母搬进城里，之后的许多年，除了春节看望爷爷奶奶，再也没有回去过。漫漫时光里，抽不出一时半刻去回味和想念。

这些年来，从没有一个真正意义上的家。经历过大杂院的混乱生活，熬过一段寄人篱下的落魄日子。近二十年的岁月，都是租别人的房子，十平方米的一方天地，一家人挤挤过日子。屋里到处可见摞得高高的纸盒、书本，成袋成袋捆扎的衣服和被子堆在角落……空间越拥挤，越显得捉襟见肘式的窘迫。除了必要的饭桌与橱柜，另有两张床占地方。床与床紧紧挨着，中间拉一道布帘，被封闭的单人床便是仅剩的私人空间。

十几岁时搬过一次家，开始真正的独居生活。租两间房，一间用来吃饭和堆放杂物，一间用作卧房兼书房。书、唱片、盆栽、塞满牛奶与面包的冰箱、一台配套的松下电视机和DVD，很多很多的港片盗版碟，还有一张双人床，床头贴满金城武和梁咏琪的贴画。

深夜独自看碟，反复看《重庆森林》，听金城武说："不知道从什么时候开始，在每个东西上面都有一个日子，秋刀鱼会过期，肉酱也会过期，连保鲜纸都会过期。我开始怀疑，在这个世界上还有什么东西是不会过期的。"

冰箱里的牛奶、面包会过期，很长时间忘记吃掉都发了霉；书籍、唱片会过期，今天爱不释手明天当垃圾扔掉；盆栽会过期，想不起来浇水就会死掉……电影会过期，明星会过期，电视机会过期，DVD会过期……连生活都在遭遇过期。

孤独不会过期，空虚不会过期，睡眠与梦不会过期。因为它们的标签上没有记录期限。

有收藏癖。装帧精美的书籍、复古台灯、欧式长柄伞、京都陶瓷杯、香薰烛台、弗拉门戈扇子……喜欢把房间塞得满满当当，即便如今依然是一个人租房子住。从小地方到大城市，租金越来越高，空间越来越大，依然不断往里填充华而不实的物品，它们中大多数价格昂贵并不实用，欣然买下、搁置，留待一个人慢慢欣赏。

一个人热爱收藏，是因为内心缺乏安全感，需要用物来填补。

我曾经在梦里去过一座房子，房屋很大，房前屋后种上五颜六色的曼陀罗。屋顶覆盖绿意浓浓的爬山虎，青砖铺成的小路上长满了青苔。房屋没有入口，正面围墙高于房屋，两侧嫁接青葱的葡萄架，葡萄藤开出紫色的花，花朵硕大美丽。

我不知怎么爬上屋顶的，看着花朵被压得流出浓稠的汁液，随便攀附一根藤透过缝隙看去，眼下全是妖冶的开得昌盛的红色曼陀罗，密密地开满整个庭院，无一处空落。似尘封很多年，没有一丝人的气息。

梦中见过最多的是房子，在海边、森林、悬崖、岛屿、城市、乡间……房子折射出内心深处的需求，渴望安定的环境，温暖的归属，一种情感上的隐秘渴望。来自童年颠沛流离的生活，过早独立坎坷的经历，父爱或母爱的缺失，长时间的压抑与孤独。所看到的房子，不过是在回顾自己的历史和对未来的美好想象。

对房子的认知，归根到底是生活。大多时候，生活是辛酸的、窘迫的，无处不充满缺陷。但我们想要的，最终都会通过一种方式得到，并且获得成全。它依然是美的。

“生活不是一种刁难，而是一种雕刻。”只要你耐心，然后用心。

## 你已经不会流泪了，那么，就让我看一看你的伤口

看到一则新闻：两个训犬员退伍，告别时，与他们朝夕相处的警犬死死咬着行李不放，舍不得他们离去……想起自己曾经养过的一只德国牧羊犬，它叫“梦露”，名字是我起的，为了纪念喜欢的女影星玛丽莲·梦露。现在，它离开我快五年了。

十年前，它刚刚被我带回家，出生才十几天，那么小。睁着无辜的眼睛，静静地看着我，小声地呜咽着。我喜欢很多宠物，喜欢把它们抱在怀里亲昵，唯独最爱德牧，亲吻它小小的鼻尖，它是那么有灵性。

梦露小时候很淘气，也很傲娇。身姿矫健，线条完美，自小父亲就训练它，努力将它培养成未来的赛场冠军。梦露的父亲拿过SV（德国牧羊犬协会）冠军，全球排名第三，母亲是CSV（中国牧羊犬协会）冠军，全球排名第十六。它继承了家族的高贵血统，无论身形体态还是奔跑、作战，都是同类犬中的佼佼者。它像一位高傲的女战士，等待王冠的加冕。

每当我感到疲累的时候，就会牵着梦露出去散步。甚至不需要牵引带，走到哪里它跟到哪里。别人无论是用火腿还是口哨诱惑，它都不为所动，骄傲坚定地跟随在我的身边。它是德牧界的“玛丽莲·梦露”，美丽、性感、光芒四射。当它静坐不动的时候，就会如狼一般散发着高贵神秘的气息；当它奔跑跳跃时，就变得活泼有力，摇着尾巴围着我的身体打转，像一个渴望得到认可和亲昵的小女孩，只要抱一抱、摸一摸头，就会非常开心。

梦露一岁时，第一次参加大型比赛。德牧赛场好比选美T台，从竞选者的外形、体态到奔跑、跨栏，再到和训犬员配合的默契度，综合评判一条狗的排名。拿到名次的，身价水涨船高，当场就会被买家高价买走；名落孙山的，遭主人厌弃，以非常低廉的价格被贱卖。狗如同古代的奴隶，被任意转送买卖。

梦露第一次出场就拿下第三名，被成都的一个买主看中，出了高价。父亲没有卖它，而是带它回家，把它获得的奖杯和照片放在家中显眼的地方。它仿佛明白主人对它的心意，并不把它当作赚钱的工具，而是辛苦培养的孩子。比赛后回到家，梦露突然生了病，不吃不喝。父亲给它买最好的狗粮、钙片和牛奶，它什么也不吃。我去看它，它抬起头，静静地看着我，像第一次见面那样发出呜咽的声音……我听懂了，它在哭泣。它也许在哀叹自己看似风光实则残酷的命运，也许感念主人在它最好的年华没有把它卖了。

我后来去外地念大学，梦露一直养在家中。父亲开了犬舍，各式各样的狗买进卖出，唯独梦露还在。它长大了，因为那场比赛，它认清了自己的命运，彻底失去了斗志。之后的每一场比赛，它都是中途怯场，趴在场地上一动不动，任凭训犬员如何用鞭子抽它，用脚踢它，它再也没有站起来舒展矫健的身姿。它成了赛场上的笑话，很多人嘲笑它虚有其表，败坏了父母的名声。更借它嘲笑父亲竹篮子打水，它已经不再是什么名犬，而是德牧界的奇葩。但是父亲依然养着它，我也依然爱着它。

我知道，无论它发挥出色还是失常，无论它夺冠还是垫底，都摆脱不了被交易的命运。它用沉默和拒绝在做无声的反抗，宁可是一条被嘲笑的一文不值的狗，也好过被任意转手买卖，离开主人。

梦露六岁的时候，已经老了，胡子花白。我因常年在外地，错过了它最美和最健康的年纪。渐渐地，它不被父亲重视，再也没有好吃好喝地供养它。有一年回到家，当我试图拉它出去散步的时候，它已经孱弱得走不动了。多年的拘禁和疏于照顾，让它失去了矫健的身体与昂扬的斗志。它如一个垂垂老矣的老者，静静地看着我，再也没有发出呜咽声。

“梦露，你还记得我吗……”

我轻轻地抱着它，抚摩着它的头。它的身体非常沉重，我已经抱不动了。它闭上眼睛，微微地颤抖着。母亲说它感染了风寒，已经活不了多久了。像小时候那样，我将掌心摊开，里面是它最爱吃的火腿肉。它张开嘴，伸出舌头舔一舔，却吃不动了。它的牙齿掉得差不多了。

我忍不住落下泪来，它是提前衰老的，过早地失去了活下去的信念。狼在濒死的时候，宁可找一个安静的地方孤独死去，也不会让敌人看见自己软弱可怜的样子，更不会接受救助和怜悯。

它睁开眼，默默地看着我。我的眼泪滴落到它的脸上，它低低地呜咽了一声，仿佛在对我做最后的告别。它的脖子上有一道伤口，是那一年它第一次在赛场上“出洋相”，回来遭到毒打，它挣脱项圈留下的，成为一辈子挣脱命运的痕迹。

“你已经不会流泪了，那么，就让我看一看你的伤口。”

它在我的怀里闭上眼睛，停止了呼吸。我依然抱着它，一下下抚摩着它的头，它小时候最爱我这样对它。我从不认为它是一只狗，一只供以玩乐和赌博的宠物，它有它的性格和感情，有对这个世界的美好希冀与温暖眷恋……它要的不过是一个怀抱，一份归属。

曾经的我那么害怕付出和承担感情，一直在离开，也一直在放弃。直到它彻底离开我的生命，我才恍然相信，无论是会流泪的人还是不会流泪的动物，都是有感情的，都害怕离开。相伴很短暂，相伴之后的告别，很难。

今夜，辗转难眠。想起逝去的陪伴多年的伙伴，我的朋友，我的小小公主。拉开窗帘看着外面黑色的夜空，群星闪烁，一颗一颗，它的灵魂会在那里吗……心隐隐作痛，每一颗星的消逝都意味着一个灵魂的告别，但我知道我们会在永恒里相逢。

# 用一杯水的单纯，面对一辈子的复杂

她从来没有离开过家，想带她来北京，说了几次，坚持不肯。她年纪大了，背驼得厉害，小中风过一次，走路吃力，需要人寸步不离地在身边照顾。前阵子回家，去看她，带她走亲访友，到市中心的人民公园玩，在刚开业的万达广场吃饭、看电影。几十年来守着自己的一方天地，她从来没有去过这些地方，走到哪里看到哪里，像个天真好奇的孩子。

她年轻的时候，听母亲说，生孩子大出血，身体异常虚弱，月子没坐实就要去社里赶工。每天天不亮起床，天黑了才回家，家里冷锅冷灶，有嗷嗷待哺的婴儿与卧病在床的婆婆需要照顾。给他们做饭，烧上一大锅水，从篓子里拿出干活时悄悄藏起来的几根胡萝卜、几棵白菜，用清水和着面粉煮成糨糊糊，一半喂给孩子，一半喂给老人。

丈夫常年在外；家里子女多，大的供不起读书小的没有奶水喂养；婆婆瘫痪在床，大小便失禁；小叔在外地念大学，每个月还要给他寄生活费；一个人种好几亩地，每天还要去公社做工……就是这样日日操劳，十分辛苦。

她对每个孩子都很严厉，谁不听话、不干活就遭一顿打。她不希望子女读书，因为家里缺人手，更何况供不起。她养猪，宁可自己饿着也要把猪喂饱，靠它们换大米、面粉、肉和生活日用品。她生双胞胎时难产，她养的流浪猫也在猫窝里生猫崽，人和猫的叫声撕心裂肺……那时母亲才四岁，那是刻在母亲记忆深处的恐惧，以致到如今都怕猫。

母亲说：“小时候自己没少挨过她的打，挨骂更是家常便饭。她要我早起熬好猪食去上学，我都没的吃，还要熬给猪吃。放学回到家被逼着去地里干活，我怕干活，常常偷懒不去。她上工没回来，我饿得实在不行，到处找食物吃。看到梁上悬的袋子，去屋外找一根竹竿，爬到桌子上试图把它弄下来。因为个子太矮，怎么也弄不下来，索性将袋子戳破，袋子里的花生一颗一颗掉下来，我把它们捡起来藏好，又想办法把洞遮起来。过了几天，终于被她发现端倪，以为家里有老鼠，进行全屋大搜查，还买了老鼠药。我见她心疼的样子着实过意不去，将藏起来的花生偷偷送回去，却被她逮个正着。她气得够呛，拿起一根竹条追着打我，边打边骂，你这个好吃懒做的死丫头，你才是家里最大的耗子……她要我去地里把偷吃的花生补回来，寒冬腊月，地里什么都没有，我受了打骂，又被赶出家门，赌气不回家，心想冻死算了，天底下哪有这样狠心的妈……”

母亲没有享受过童年的富足与快乐，日子捉襟见肘，家中兄弟姐妹六人，外祖父常年不在家，外祖母对她十分苛刻严厉。母亲坚持要念书，宁可挨打挨饿也要背着书包去上学。最开心的事是外祖父回到家，给她带喜欢吃的桃酥和花生糖。她偷偷藏起来，外祖母嘴上数落她不给弟弟妹妹，却睁一只眼闭一只眼。

母亲给我讲起儿时的故事，讲她的父亲母亲。言毕轻轻一叹：“我的妈妈你的外婆啊，这辈子就像屋后的那条河，承载了多少风霜雨雪把我们养大。我想好好报答她，打算带她到处走走时，可她已经老了，走不动了。”

我们每个人都是一条河，年轻时奔涌向前，老了风平浪静。我们的人生，穿行在一条看不见的暗河中，有些人已经上岸，有些人还在跋涉。因为有爱的人在，我们不怕渡河，不惧黑暗。如同生命的传承，星火的传递，她们离开，我们到来。这条河依然在流淌，无声地讲述着属于它的故事。

小时候每次不听话，母亲就拉下脸，指着房门道：“去，把门后的搓衣板拿来。”而我，总是磨磨蹭蹭地走到门边，佯装往门后看一眼，摇摇头委屈地对母亲说道：“妈妈，我错了……门后没有搓衣板。”母亲微微一笑，什么也不说，招招手让我过去，抚摩着我的额头轻轻叹息：“你呀……”

外祖母的一生，母亲的半生。

外祖母年过八十，母亲也已年过五十。她们都是勤俭持家、任劳任怨的女人，她们是最朴实平凡的传统女性，为家庭牺牲，为子女操劳。忍得住苦难，禁得起挫折，岁月的流淌并没有淹没她们的光华，她们在人生的长河里持续发光，照亮他人。她们是我最敬佩的女人。

人的坚韧和耐力可以无限持久，为某样东西付出所有，从不后悔。当我置身灰暗人海，漫天尘土扑面而来，一种落荒而逃的恐惧感袭遍全身。城市再繁华发达，都不如乡间的一片田野，一间土屋。

水清，水深，水静。当你拿起杯子喝水，看着满满一杯清澈见底的水，会生出怎样的感受。

外祖母说：“我这辈子没什么本事，就围着我的一亩三分地和一座破房子，到老到死。”可是，我却很羡慕她。因为内心坚实强大，大风大浪都不能把内心的小屋掀翻。因为心地善良单纯，一辈子再苦再累也欣然知足。

“用一杯水的单纯，面对一辈子的复杂。”

这辈子无论走到哪里都是修行。有高山，险峻、陡峭；有风雪，寒冷、危险；有海浪，汹涌、孤独；有城市，华丽、遥远……找到生命的那条河，洗白脏污的灵魂。做个漂泊中一心一意的旅人，生活简单，心性单纯。

走到哪里，都别忘了母亲教给我们对生活的理解，对爱的领悟。

愿照见凡心，清澈见底。

## 很多人闯进你的生活，只是为了给你上一课，然后转身离开

聚会场合遇到好久不联系的人，惊讶之余下意识低头避过。觥筹交错，言笑晏晏，不相识的人端着酒杯派发名片介绍自己。她突然走过来，举起酒杯对我说："你现在过得好吗？"

刚来到这座城市时，大学尚未毕业，年轻气盛，心比天高。总想做出一些事情证明自己，在朝九晚五的人群中脱颖而出。得到一份短期工作，继而认识了她。我至今记得，望京的一家韩国料理店，她穿着中式长裙，头发用一根古朴的簪子盘起来，和另一个戴墨镜、穿露

背裙、黑丝袜的摩登女人一起用餐。我抱着精心准备好的简历和在杂志上发表的几篇文章递给她，戴墨镜的女人看也没看，说道：“这种小姑娘，满大街一抓一大把，才不才华无所谓，你只要她听话机灵就行了……”那时听着，心像灌了铅一般沉重，低着头默不作声。

她随便翻了几页看了看，抬起头默默地打量了我一会儿，问道：“你吃饭了吗？”我谎称吃过了，其实没有吃。肚子不合时宜地叫起来，她用餐巾擦了擦嘴角，优雅地笑了笑，说：“坐下来一起吃吧。”

就这样，我开始了来北京之后的第一份工作——成为她的助理。

她是一个很矛盾的人，外人面前优雅矜持，对身边人又流露出孩子气的一面。认识她时，她刚过三十岁，年轻富有，单身，渴望爱情，有许多不切实际的想法。抛开工作关系，我们更像是朋友，一起工作，一起生活，一起吃饭，一起逛街。她对我说：“你喜欢写作，要坚持下去……假使有一天你的书出版了，我一定去书店买回来看。”

她的心中有一个梦，尽管那梦不切实际。我们曾去大兴拜访古琴大师王鹏，听他弹古琴、讲茶道。我们也想在那里买下一块地，与王鹏毗邻而居，建一座女子学院，像孔子学院那样遍布各地，享誉世界。曾几何时，我和她的心靠得很近，她的梦想就是我的梦想，我愿倾尽一生和她一起实现。她教我如何生活，每天早睡早起，可以不吃晚饭但早饭一定要吃，出门前要精心打扮喷上香水，待人接物始终保持微笑。

她很想受到所有人的崇拜和追随，有时候非常温柔体贴，有时候又过分偏执苛责。每当遇到烦心事，总是控制不住自己的情绪，歇斯底里，让人感到窒息。跟她到处应酬，回到家已经是凌晨，第二天要早起陪她做早课，为她准备一天的行程……高强度的工作和心理压力几乎让我喘不过气来，害怕她失望，从来她说什么是什么，努力达到她的期望。直到有一天，她的司机对我说："你有自己的想法为何不说出来，你是为她工作的不是她买下来的奴隶，你应该告诉她什么是对什么是错……大不了辞职不干，为什么要让自己这么委屈难受……"

慢慢地，越了解她越想要离开，却迟迟开不了口。临近毕业，要回学校准备毕业论文，终于鼓起勇气向她提出辞职，她愣了愣，恢复一贯的优雅微笑："好的。毕了业还回来吗？"

"也许吧……北京这地方太累了。"我勉强说道。

她转身从包里掏出皮夹，拿出一沓钞票递给我，说："我知道你要走，所以早就准备好了。还记得第一次见你时我朋友说的话吗？你们这种小姑娘满大街一抓一大把……我想告诉你，有才华的人到处都是，机会可不是到处都有。希望你记得我的话，珍惜机会。”

一别几年，再见到她，突然觉得难过，仿佛再次看见过去的自己。卑微、怯弱、小心翼翼，抓住机会不想放弃，哪怕付出昂贵的代价；也倔强、傲气、任性，克制不住想要打破所谓的“游戏规则”，一无所有，从头再来。

当我举起酒杯，与她隔着光鲜亮丽的人群四目相对，她微微一笑，依旧像多年前那样优雅矜持。曾经，她是被诸多男士欣赏和追求的高级“白富美”，社交场合花团锦簇、万众瞩目的明星，如今为人妻、为人母，华丽褪去，温婉地站在丈夫身边。隔着一道永远也跨不过的距离，那个跟着她亦步亦趋、沉默听话的女孩长大了，终于敢抬起头正视她，充满了信心和力量。

想起那部《穿Prada的女魔头》，我多么像安妮·海瑟薇扮演的Andy，大学毕业怀着简单的梦想跻身光怪陆离的高级圈子，那么辛苦、那么努力，终发现它脆弱不堪、一击即碎。梦想偏离了当初，这不是我想要的，机会的确不是到处都有，丢掉再捡回来也不是一件太难的事。而无论如何，最难的时候已经过去了……再次相对，已经是最好的证明。

我们相视一笑，酒杯相碰，发出清脆的叮当声。举杯一饮而尽，“一笑泯恩仇”，不知怎的，想起这句形容。其实有的也只是

"恩"，没有"仇"。"祝你梦想成真。"她挽着丈夫的手臂对我挥一挥手，转身离开。

我放下酒杯，看着她远去的身影，释然地笑起来。很多人、很多事，就这样离我而去。裹紧大衣走上北京的街头，很冷。周身被各种人流包围，渐渐地，变成一个温暖真实的圈子，我就生活在里面。很多人来，很多人去，越来越多的人闯进你的生活，再转身离开。

此时此刻，我突然想起一句话："很多人闯进你的生活，只是为了给你上一课，然后转身离开。"

Chapter 05

# 等一朵花开

## 我把心每天打扫一遍，等茉莉花遍开的时候，请你住进来

你连续好几天加班至深夜，走廊里的灯熄了，窗外黑漆漆的一片。你一个人坐在格子间噼里啪啦打字，眼眶熬得通红。

我把心每天打扫一遍，等茉莉花遍开的时候，请你住进来。

你为了备战考研挑灯夜读，同宿舍的室友都睡了，鼾声此起彼伏。你一个人窝在被子里满头大汗，笔记本上的字渐渐模糊。

我把心每天打扫一遍，等茉莉花遍开的时候，请你住进来。

你面试没有通过，心情沮丧，在大街上漫无目的地乱逛，一张张陌生冷漠的面孔迎面而来。你一个人站在车水马龙的十字街头，不知何去何从。

我把心每天打扫一遍，等茉莉花遍开的时候，请你住进来。

你晚自习趴在课桌上心不在焉地玩着手机，班主任抱着一大摞试卷走进来，周遭响起窃窃私语的抱怨。你借口上厕所一个人跑到操场，躺在草地上看夜空的繁星。

我把心每天打扫一遍，等茉莉花遍开的时候，请你住进来。

你熬夜赶工第二天迟到，人事不问缘由罚你钱，你愤而提出辞职，上司没有挽留。你一个人抱着一箱办公用品走出公司，没有人为你打抱不平，也没有人为你送别。

我把心每天打扫一遍，等茉莉花遍开的时候，请你住进来。

你和男朋友吵架，他趁你不备翻查你的手机和包，你无法容忍他对你的怀疑和控制。你大半夜一个人穿着睡衣和拖鞋哭着跑出来，无家可归也无处可去。

我把心每天打扫一遍，等茉莉花遍开的时候，请你住进来。

你拖着疲惫的身体回到家，屋里黑灯瞎火、冷锅冷灶。饿了给自己煮碗泡面，打开电视看无聊的肥皂剧，碗也不洗、脸也不洗，倒在沙发上昏昏欲睡。

我把心每天打扫一遍，等茉莉花遍开的时候，请你住进来。

你偷偷暗恋隔壁班的女生，练习一整晚，隔日鼓起勇气表白，她却嘲笑你口吃和一脸的青春痘，你的初恋在笑声和落寞中收场，再也不会爱人了。

我把心每天打扫一遍，等茉莉花遍开的时候，请你住进来。

你和最好的哥们儿闹掰，原因是你借给他钱而他迟迟不还。你问他为什么不把钱还给你，他却说好哥们儿还谈什么还不还。你恍然明白，原来“情比金坚”是最不可信的傻话。

我把心每天打扫一遍，等茉莉花遍开的时候，请你住进来。

你省吃俭用买了一张飞机票去上海看偶像演唱会，因为囊中羞涩只能在麦当劳凑合一晚。你手中握着咖啡吃着炸鸡薯条看对面灯火通明，偶像巨幅海报缓缓展开，激动得泪流满面。

我把心每天打扫一遍，等茉莉花遍开的时候，请你住进来。

你抱着孩子从医院回来，家里乱七八糟，老公在房间打游戏对孩子的哭声不闻不问。你给孩子喂完奶哄他睡觉后开始收拾屋子，一个人蹲在卫生间对着马桶小声呜咽。

我把心每天打扫一遍，等茉莉花遍开的时候，请你住进来。

你独自到商场排队买打折商品，一个和你年纪差不多大、浓妆艳抹的女孩拎着一大堆名牌购物袋和你擦肩而过。你不禁回过头，一个穿着高贵的男人为她拎袋子，搂着她上了一辆车。

我把心每天打扫一遍，等茉莉花遍开的时候，请你住进来。

你独自去看午夜场电影，电影散场时外面下起了雨，你没有带伞，一个人站在电影院门口看身边的情侣成双结对地离去。冷风灌入，雨越下越大，多想有个人出现在面前为你打开伞。

我把心每天打扫一遍，等茉莉花遍开的时候，请你住进来。

你模拟考试跌出一百名，老师要你请家长，你不敢和家里说，编了一个糟糕的理由想糊弄过去。谎话刚说完却见母亲拎着食盒第一次来给你送饭，眼泪一下子落了下来。

我把心每天打扫一遍，等茉莉花遍开的时候，请你住进来。

你辞职来一场说走就走的旅行，一路向西来到青海。在青海湖，你见到有生以来最美的风景，想起那个说好要一起陪你来的人，永远不会再来。

我把心每天打扫一遍，等茉莉花遍开的时候，请你住进来。

你大学最好的同学结婚，请你去参加她的婚礼。你看到久违的同学，也看到她要携手一生的人，此刻微笑着站在她的身边。你心里默默地想，如果当初有可能，那个人应该是我啊。

我把心每天打扫一遍，等茉莉花遍开的时候，请你住进来。

你刚丢掉饭碗，手机和钱包又丢了。你觉得世界处处都是陷阱，没干过伤天害理的事却一再陷入人生低谷。你很想回老家，很想扑进妈妈怀里大哭一场，却连回家的火车票都买不起。

我把心每天打扫一遍，等茉莉花遍开的时候，请你住进来。

你吃不好、睡不好，精神压力大、夜夜做噩梦。你怀疑自己得了病，去了好几家医院，买了一堆药还是不见好。终于把自己折腾出病，躺在病房里吃不下、睡不着才知道没病的日子多么好。

我把心每天打扫一遍，等茉莉花遍开的时候，请你住进来。

你宅在家里一个月，不是玩游戏就是看电视。饿了叫外卖，缺什么逛淘宝，手机短信除了商家促销就是快递信息。二十多岁你觉得自己已经在养老，在哪里和在家里没什么两样。

我把心每天打扫一遍，等茉莉花遍开的时候，请你住进来。

你睡前一个人躺在床上刷朋友圈，仿佛成了一种习惯。你从不发朋友圈，也不留言点赞。当朋友们抱怨你是不是把他们拉黑的时候，你苦涩地想，那个最想留言、点赞，也最想发朋友圈给他看的人，躺在了黑名单里。

我把心每天打扫一遍，等茉莉花遍开的时候，请你住进来。

## 始终在做着重复的两件事：爱他以及守护

我们这代人，出生在二十世纪八九十年代，大多是独生子女。生来衣食无忧，父母娇宠，长辈爱重，唯独没有兄弟姐妹。有时候看到别人家里有两个孩子会很羡慕，姐姐疼爱弟弟，妹妹依赖哥哥。手足之情令内心饱满温暖，有种近似恋人般的亲昵。

“朝闻游子唱离歌，昨夜微霜初渡河。鸿雁不堪愁里听，云山况是客中过。关城曙色催寒近，御苑砧声向晚多。莫见长安行乐处，空令岁月易蹉跎。”

离家远行，不知不觉念起这首诗，想起远方的家人、故乡的风景。翻开老旧的相册，边角发霉腐烂，如同江南潮湿幽深的巷道，带着老去的光阴气息，唤醒沉睡中的记忆。一张泛黄斑驳的照片，小小孩童伏在男子背上，脸微扬，两只小手淘气地向前伸，五指微张，像是要抓住什么。

那是他快六十岁时，我和他拍的照片。他背着我，两只手托着我的膝盖窝。墙角微微绽放的白蔷薇，雪白的花朵青绿的枝叶，花中带刺，总是不能柔软地盈满眼眶。他轻轻拍着我的脚，含笑哼道："哦，哦，洗脚脚，娃抓抓，养个女儿别养她。养了她，还要给她——"

"穿袜子！"

儿时的歌谣，听一遍就能记住。他经常唱给我听，给我洗脚，为我穿衣。有一天，他带我去看花，硕大的牡丹在枝头开得旺盛，姹紫嫣红。我嚷嚷着要摘花，他背着我费力地摘下最高、最大的那朵，芳香扑鼻，美得心旷神怡。我把花插到长长的发辫里，问他："美不美？"他说："美，我的小闺女是最美的。"

年少轻狂，想着总有一天会离开家，天高任鸟飞，有多远飞多远。成长带来的并非只是外在的改变，心事易变，遗忘当初。女孩子总归要离家的，一种与生俱来的宿命感在体内生根发芽，开枝散叶，长出一朵根深蒂固的花。它牵引着我，引诱着我，往远方去。

雪中红梅，天涯孤草，并未撒下红豆，何来刻骨相思。他逐渐老去，对我一笑苍老温情。那时尚未感知什么是需要紧紧抓住不放的，故而总在不经意间突然失去。数次得失，数次找寻，明了原来并非因为太过在意，而是生命中最紧要的缺失，一直存在着。

那年十八岁，高考逼近，得知母亲再孕，当时正值她和父亲关系最破裂不堪的时候，她一个人偷偷去小诊所打胎。我浑浑噩噩早出晚归，深夜回家看到桌上的钱和字条：妈妈有事外出几天，你一个人好好的……

我是母亲的第二个孩子，在我出生之前她因意外流产，据说那是一个已成形的男婴。近二十年后，她有了第三个孩子，依然是个男孩，出于痛苦和无奈只能将他扼杀于腹中。我如今已经过了胡思乱想的年纪，一步一步，只想稳健行走，再也无翩然如鸟飞的绮梦了……却渴望再有一个弟弟，在我离家之际，陪在母亲身边，照顾她、陪伴她、保护她，给予强大坚实的依靠。

她是外祖父最疼爱的孩子，我是她最爱的孩子。

对着空枝哼唱旧时歌谣，摇摇晃晃的记忆仓促地遗忘了那张慢慢生锈的脸。我不愿在你年老无依时，再拿幼时的回忆哄骗你。更不愿在凄风苦雨中，对你哭丧着脸说声“对不起”。从小到大，似无微不至，又似渐行渐远。在你不知道的时候，悄悄想起你，独自沉默藏起千言万语，也许你会懂。

路途遥远，我要带着你，越过险峻高山。荒野求生，我要牵引你，走出重重困境。我不是路边的石子，难挨你每次途经的脚步。我不是温室的花朵，不需要你小心翼翼的呵护。大山深处有一片废墟，那里曾有荆棘鸟飞过的痕迹，而我，只想安度此生。

不知何时沉入梦乡，梦见家门前那株拱竹，如昔年般，小小的尖，青青绿绿，埋在泥土里若隐若现。伸手欲触，它却化作一缕白烟从指缝间穿过消失。长夜静寂，仍是一场梦。在梦中，回到十八岁，给她写信，说：“你可以全心全意爱我，我却做不到以同等代价回报。朝夕相对，更多时候将你当作同一屋檐下的陌生人，一个独立的女人，在陌生疏离的世界怀上生命……现实是你，幻想的是另一个自己。在你欲将他舍弃时我会适时接住，悄悄藏起来。我会毫无保留地爱他，代替你爱他。他是你的孩子，也是我的。幻想抱着他，感受他的温热与娇嫩，一遍一遍轻唤‘弟弟’……”

是的，他是我的。一直是。

这一生，始终在做着重复的两件事，爱他以及守护。

## 别人怎么看你不重要，唯一重要的是你很喜欢真实的自己

又下雪了。

北方的冬天总是来得这样快，目视窗外，银装素裹，一片白茫茫的世界。仿佛在梦里，也是一片白白的世界，站在空旷的原野上，脚底踩着松软的衰草，被冰霜覆盖，一眼望去，就像铺在天地间的斑斓地毯。远处群山巍峨，隐在雾色中，黛青的阴影连成苍茫的一片。人在天地间，形单影只，忽觉孤寂与渺小。

幼时，一到下雪天就很兴奋。漫长孤独的冬天，唯有门前的雪人做伴。每天清晨醒来，透过白蒙蒙的窗户依稀看见院子里站着一个大雪人，如同忠心守护的侍从，给予幼小的心灵隐秘的喜悦与遥远的希望。

只要是下雪天，母亲就会早早起来为我堆雪人。白雾迷蒙了双眼，树枝被积雪压弯了腰，屋檐上的冰柱垂下来，像雪白的枝条。推开门，不知不觉间走到院子中央，赤脚踩进冰雪里，一点儿都不觉得冷。圣诞老人的帽子、长长的胡萝卜鼻子、大纽扣眼睛、斜倚在胸前的长柄扫帚……那是我的童年，远逝而复现。

童年的雪天最是朦胧，却是记忆里最干净的曾经。

这淡远的暮冬之景有着春的暖意与希冀，亦如母亲一如既往的温柔神情，眼角眉梢怎么也藏不住抚慰人心的安恬。天空出现迷蒙的亮色，穿着睡衣独自走到院子里，脸上、发上、肩上落满了雪花。回首间，母亲一个人站在角落，举着大铁锹艰难地铲雪。

悄悄地，走到她的身后，攒起一捧雪，对着她弯起的后腰轻轻掷去。母亲回头，微微一笑，笑容像冰雪融化漾开的水纹，一圈一圈渗入心中。雪依旧下个不停。晶莹剔透的雪花如同含在嘴里的冰糖碎末，经过暖流的消解遁入无形。我明明看见，那一朵朵雪花，像是记忆中每个人的笑脸。如果可以，将所有高兴的、难过的、失意的、期待的心情印在上面，随着笑容渐渐逝去……

我又看见，那一片白茫茫的世界。

并非每个人都能笑着回味曾经的童年，它或许是平淡的，令你想不起来，抑或许是晦暗的，令你不愿意想起。人总是选择性地遗忘过去，这当中也曾有过快乐与知足。就像甜蜜会带来负担，也同样令你在以后的人生中郁郁寡欢，人总是怀念美好的一面。可人生，不仅仅有童年，也不只是单纯的美好与快乐。当一切变好之前，我们总要经历一段不开心的日子，这段日子也许很长，也许只是一觉醒来。有时候，选择快乐，的确更需要勇气。

“时间告诉我，无理取闹的年龄过了，该懂事了。”

当我再一次看见雪，再一次面对白茫茫的世界，不会像小时候那样，央求母亲给我堆雪人，也不会恶作剧般地躲到她的身后，玩起打雪仗。我选择站在窗前，一个人安静地看雪，等待谁的归来。

我已经长大了，不再需要母亲的怀抱，也不需要她哄我开心，给我取暖。生命的长冬，我可以一个人屹立于白雪皑皑的孤独天地，伸出双手，拥抱、迎接、遥望、等待……满地残雪，衣襟上落满雪花，眉毛结了一层薄薄的霜。尘满面，鬓如霜。当雪雾隐去，当落花枯萎，我知道时光已悄然离去，不必伤悲。

你不会一直停留在雪地的阴霾里，也不会永远没入深潭夜影中。冰雪森冷，岁月寒极，追逐一路灯火颠沛而来，推开深水阔海，瞭望锦绣山河，只为手中依稀握住的温热。那是生命中挚爱的某个人，曾经抚摩过的余温。

她说，别人怎么看你不重要，唯一重要的是你很喜欢真实的自己。

我们总是无法认知别人的痛苦，这世界给予太多太多的失望与琐碎，从一种激烈痛苦到另一种沉默隐忧。期盼你与我抵足共涉茫茫冰雪，风尘仆仆来去一回，任凭岁月碾过，恍然白发生。等到空山新雪都看透，情意刻画为掌中纹，越来越深，越来越浓。

春去，秋来。秋去，冬来。

但愿余生，你为我焚火煮水，我为你团雪作球。

## 我不是活在自己的嘴上，吻过我的人，会错过我的

连续两晚失眠，一直到凌晨才睡。梦见和父亲吵架，吵得很凶，一个人睡在冰冷孤单的小床上流泪。醒来，看见挂在床头的胎发，是出生时父亲剪下的。起身，看见父亲站在窗前，对我微笑……于是就笑着醒来了，才发现原来不过是一个梦。

“用心与生命的慷慨与繁华相爱，即使岁月以刻薄与荒芜相欺。”

这样的句子，让人心生触动与迷恋。夜色深深，坐在客厅里想些心事，同住的室友已经睡了。很多个夜晚，我就这样一个人坐在客厅的沙发上，点一支香烛，静静地看书。耳机里单曲循环着某段钢琴曲，电脑里播放的影片尚未结束。把音量调到最大，开着窗，淡月挂在树梢，很美。世间浮华就此沦落，不复追思。

月色撩人，是因为夜的衬托。夜美。

很长一段时间，能够沉静入睡、无梦，是我的心愿。人为什么要有梦呢？梦是夕阳穿过树林的一道光影，折射出万花筒般的虚妄缤纷。像孩童一样，因为想要一颗糖，一整晚都在做梦吃糖；像老人一样，因为想念过去的日子，梦见年轻时自己和爱人的模样。而我不小，也未老，就像张爱玲说的，在清如水、明如镜的秋天，我应当是快乐的。

寻隐秘清幽一隅，把心事说给花与月听。

等日落晨曦初上，把老去的一岁写成一句诗。

这么多年来，与自己的对话最多。也曾在夜里看见无数个自己，在房间，在街道，在书店，在地铁，在山顶……每一个都有着不同的面目。美好的，温暖的，善良的，孤独的，冷漠的，决绝的，存在于记忆的各个角落。

近来时常梦魇，心有余悸，额头布满冷汗。白天又极想睡，无法专心工作。为了使心情平复，睡前点上安神香，听一段音乐，默念《般若波罗蜜多心经》，读到那句："菩提萨埵，依般若波罗蜜多故，心无挂碍。无挂碍故，无有恐怖，远离颠倒梦想，究竟涅槃。"

一场旅行，一两个好友夜聊，一次梦境中的邂逅，一两本待出版的书。人生果然这样就好，没有遗憾，再深的累也只是无言。

曾经爱过的人，不后悔对他的爱，离开，由他去找真正对的人。我相信，爱有天意，如若喜欢的人不喜欢我，只能说明缘分未安排真正的人出现。遇见的迟早会遇见，被我爱的，也迟早会爱上我。

看茨维塔耶娃写给里尔克的信："我不是活在自己的嘴上，吻过我的人，会错过我的。"

女人喜欢看男人的手，男人喜欢看女人的脚。如此矛盾，却意外协调。天性里的情感，存在于对身体某个部位的迷恋，有时候不自知。觉得女人应该笨一些，或者说，男人应该聪明一些。太聪明的女人，洞悉情感的内质，因为太了解，经历太多，反而显得不在乎，风情万种。多数男人没有女人聪明，也没有女人深刻，他们不了解爱，甚或无心去了解。在情爱这门课上，从来没有对峙与较量，女人是引领者，不论输赢。

因为喜欢里尔克的诗，把他的作品和情史翻了个遍。一直以来觉得，相爱的人是彼此的镜子，爱情不是互补，是第二性的投射，女人的温柔浪漫，男人的勇敢担当。爱是灵魂与情感的交流，我们爱上一个人，是爱上了自己隐性的一面。当爱消失，不必执着与软弱，坚强、勇敢、独立、无畏，这就是爱中体会的真正意味。

很多人可以成为我们的镜子。只要用心学习，你会发现自己也能做到和他们一样。还有些人，他们的姿势、神情、言语、眼神，不必看也不必听。他们的存在是为了提醒你，你和他们是不同的。每一个遇见的人，都应该用心感受和体会，从中找到消失的自己。

“生命中除了爱，其他都是行李。”

但有些人、有些事，无论如何都不能写出来。而执意写出来，便是毁灭。就如一朵开在盛年的花，失去了花蕊，即刻枯萎。因为世界本来就是这样现实，让一个不现实的人写出现实的故事，如同让一个非常现实的人说出言不由衷的情话，都是非常伤怀的浪费。

深夜，重读里尔克。翻开旧的书页，上面写道：“一切寻找你的人，都想试探你。那些找到你的人，将会束缚你，用图画，用姿势。我却愿意理解你，像大地理解你，随着我成熟，你的王国也会成熟。”

## 和你在一起多美好，就算什么也得不到

相框里放着一张他们年轻时的照片。她梳着麻花辫，表情羞涩，容颜如花，眼角眉梢都是欢喜。他穿白衬衫，眉眼疏朗，目视远方，嘴角微微含笑。他们双手交握一束花枝，花淡且细，名字叫作“合欢”。

“三春过了，看庭西两树，参差花影。妙手仙姝织锦绣，细品恍惚如梦。脉脉抽丹，纤纤铺翠，风韵由天定。堪称英秀，为何尝遍清冷。最爱朵朵团团，叶间枝上，曳曳因风动。缕缕朝随红日展，燃尽朱颜谁省。可叹风流，终成憔悴，无限凄凉境。有情明月，夜阑还照

香径。”出自《念奴娇·合欢花》。

合欢喜温润环境，是很好栽种的花类。尤其在乡间，空气清新，土壤肥沃。昼开夜合，白天阳光普照绒花满树，有色有香，使人心情愉悦。种在屋前的小山坡上，粉红色的丝丝细绒被绿叶衬托，像腼腆的新娘脸上绽开的红晕，娇艳妩媚，十分应景。

合欢让我想起姻缘。彼时，花开。他在彼端，蓦然回首，眼波清明如水。她在他眼里看见自己，看到她的麻花辫微微翘起，看到紧抿的唇，倔强里透着稚气。她看着唇边悄悄绽放的花颜，是每个夜里辗转无法醒来的梦。

回到几十年前，她还是一个美丽少女。正值“上山下乡”的热潮，有一天，家里来了一个人。他是上海知青，刚大学毕业，被安排住在她的家里。他沉默寡言，穿一件白衬衫，一条洗得发旧的粗布裤子，一双解放球鞋，每天天不亮起床，去河边晨跑一圈，傍晚别人收工回家了，他独自走到小河边，掏出口袋里的书，轻声阅读。

那是属于少女时代美好深刻的经历，她的生命里除了父亲就是哥哥，从来没有和别的男人相处过。她总是趁着为他送饭的空当，默默地看他劳作。每天清晨偷偷跟他出门，隔着不近不远的距离，陪他跑步，看他读书……在朝夕相处中，她知道，她已经爱上了他。

浅灰色的天空，无法补读记忆的残白，或许记忆就如这灰蒙蒙的天，少年的她这般仰望。一别经年，我看到她眼角的皱纹荡漾开来，舒展了一池春水，我在想，是否回忆才能带给她快乐。她老了，一个人坐在光阴深处，低头默然，表情沉静。岁月的风尘在她脸上留下深深浅浅的印痕，似经历无数场战役，或惨烈，或悲壮。它们割开肌肤表皮，往里侵入直至渗透，松弛的皮肤聚拢的皱纹都在证明曾经为此做出的努力与牺牲。否则我们怎么会说，岁月无情。

他在她的家里住了一年后，返回家乡。走的那天，两个人一前一后来到小河边，她始终不敢与他并肩站立，隔着不近不远的距离，默默地看着他的背影。她没读过多少书，不知道该如何表达内心的爱恋。她觉得自己落后、粗野，没什么文化，而他是城里人，知识渊博、温文尔雅，他们注定不是一个世界的。

想着想着，她流下了泪……泪水顺着脸颊落在指间的一张老照片上。微扬的辫子，微侧的脸，嘴边悄悄绽开的花颜，妩媚了年轻的面容。那天天气很好，他默默地看了会儿河面，突然回头，对她说："我带你上街吧。"

长大后，她就再也没有进过城。对于街道的记忆，还是小时候哥哥在城里读书时，有一次放假带她去玩。棉花糖、冰糖葫芦、绿豆糕……她对于城市的记忆，只有五颜六色的、非常香甜的食物。他们坐了很久的车，到了城里，太阳快落山了。他带她喝了一碗冰镇酸梅汤，几次欲言又止，终是什么也没有说。

日暮之下的黄昏，云朵被暮色笼罩，喷薄着如雾气般迷幻的七色光晕。天空隐有星辰闪烁，太阳隐在云层中，透出稀薄的微光。暮色的风里，依旧像从前那样，她静静地跟在他的身后，不发一言。沿街的店铺陆陆续续关门了，只有一家照相馆。他带她走进去，像是要为这场告别留一个永久的纪念——拍下这张照片。

“我们都已老去……”她轻声说。如此平静，如此沧桑。她是我在旅途中遇见的老人，独自开一间小旅店，将客人当成家人般给予关怀和照顾。她是那种活在传说中的女人，满头白发，穿一件绣着合欢花的改良旗袍，一辈子没有嫁人。

一次命中注定的相识，一段朝夕相处的时光，一场意犹未尽的告别。跨越半个世纪，各自天涯，各自安好，各自相忘。

合欢，是她最喜欢的花。那件穿了半辈子的旗袍，是她年轻时给自己做的嫁衣。她想有生之年穿着这件衣服，把自己嫁出去。然而，余生再也没有遇到一个值得嫁的人。或许早在当年，在尚未懂得情为何物时，便将一生最好的年华和一辈子的爱给了一个注定离开的人。

从她的神情里我没有看到哀怨，也没有从她的言语里听到遗憾。这个没读过多少书的老太太，在古稀之年给我讲起年少时的爱情故事，言毕轻轻一笑，豁达地说道："我呀，这一辈子有一个喜欢的人就很好了，一点儿都不觉得孤单。"

当至深情时，情意戛然而止。涌涌岁月里，值得流泪的事情何其多。

走的那天，他一个人站在门前，背起包，回过头对她挥一挥手，与她道别。她静静地站在原地，隔着光阴的距离，蓦然回首，仿佛看到爱的人离自己渐渐远去。脸上依稀有泪，却执意仰起头，笑一笑，对着远去的人挥一挥手，轻声说：

"和你在一起多美好，就算什么也得不到。"

# Chapter 06

# 哼一首情歌

## 你只有让自己足够好了，才有资格开始一段好的爱情

你一个人，背井离乡，租一间地下室，每天天不亮出门，天黑了回家。挤公交、挤地铁，跟着拎包扛行李的人流大军，灰头土脸，身心俱疲。为了省钱不吃早饭，中午吃十几块钱的盒饭，晚饭用馒头或泡面应付。一台笔记本、一只行李箱是你的全部家当。躺在陌生冰冷的床上，闻着腐朽发霉的味道，胃隐隐作痛，真想大哭一场。

你只有让自己足够好了，才有能力实现自己的梦想。

你一个人，坐在二十八层高的格子间，对着电脑机械地打字。耳边充斥着各种各样的嘈杂声，上司训下属的声音、同事叫外卖的声音、快递员送快递的声音、行政人员接待客人的声音……你每天听着这些声音，头昏脑涨，无心专注。你其实不喜欢这份工作，为了生计别无选择。日复一日，年复一年，不会加薪，也不会升职。你很想离开，很想改变，却发现，当初一直想做的事已经不会做了。

你只有让自己足够好了，才有精力做自己想做的事。

你一个人，走遍这座城市的所有地方，今天送外卖，明天当导游。你很想做好一件事却无法专注，你很想逃离糟糕的环境却深陷其中。到头来，没有一份工作能做得长久，也没有一个地方令你安居乐业。对生活没有耐心，对未来恐惧迷茫，每天活得浑浑噩噩。直到有一天，当初不如你的人比你成功，比你有钱，比你早一步实现人生理想。你懊悔不及，却为时已晚。

你只有让自己足够好了，才有想法规划自己的人生。

你一个人，加班到深夜十一点，一路狂奔赶最后一班地铁。天寒地冻，夜深人静，地铁离家还有二十多分钟路程，你独自摸黑走在偏僻无人的路上，心里悲哀地想着，难道这就是我想要的生活吗？习惯了寒冷，也习惯了冷清，永远没有一盏灯为你亮着，没有一扇门为你打开。你推开黑暗无人的房间，鞋也不脱、脸也不洗，扑倒在被子上，沉沉睡去。

你只有让自己足够好了，才有时间布置自己的生活。

你一个人，除了工作还是工作，对什么都无精打采，周末宅在家里从不出门。曾经你很喜欢旅行，想当背包客去西藏和丽江，想带着家人去欧洲和南美。现在，你连想一想都觉得费力。不是没有钱，也不是没有时间，是过重的负担和压力令你早早失去了对生活的热情，你开始恐惧人群，害怕交际，吝啬跟家人说一句掏心窝子的话。他们问你怎么了，你淡淡地回一句，没有心情。

你只有让自己足够好了，才有心情去想去的地方。

你一个人，从城里搬到城外，每天独来独往，没什么朋友。你拒绝接受新知识，拒绝融入新环境，社交能力、表达能力在慢慢退化。你觉得自己不如从前，别人在聊的新鲜事物闻所未闻，手机还是用了很多年的那一款，微博、微信太多余，高德、滴滴太先进。渐渐地，你感到越来越落后，越来越与社会脱轨。你意识到自己懂得太少，想多学习、多了解，却无从下手，也没有人帮你。

你只有让自己足够好了，才有兴趣涉足未知的领域。

你一个人，经历了一次失败的恋情后，三年没有谈恋爱。家人催你相亲，朋友拉你参加单身派对，你一一回避、拒绝。你也很想谈恋爱，想遇到一个真心对你好的人。曾经惨痛的代价令你望而却步，对自己心灰意冷，害怕再一次被骗，再一次受伤。身边的人一个个结婚、生子，都有了美满的家庭。唯独你孤身一人，异乡漂泊，听着《一辈子的孤单》辗转难眠。

你只有让自己足够好了，才有资格开始一段好的爱情。

## 最美的不是下雨天，是曾与你一起躲过雨的屋檐

“在这个年纪爱你，不因为你有车有房，只是那天阳光很好，你穿了一件我爱的白衬衫。”

喜欢的话，一直记在心里，等某个美好适当的时候，送给生命中重要的人。深夜写作，听着 The Cranberries 的 *Promises*，想起一个朋友，第一次听是因为他。十年之后，不知他在某个地方是否安好。挂念，但不会刻意寻迹。我想大抵他也是如此。

寂寞的时候，一个人听《天空之城》，想起一去不复返的时光。

暖阳铺天盖地，人生恍然如梦，过去的岁月，累和痛一一化解。年纪越大，忘记的事情越多，一定是用尽心力留下的后遗症。这一路上走过那么多人，都在为身边的人活着，不辞辛劳，心甘情愿。每一次面对聚散离合，总是悲欢自知。

天台上的雨溅起大片绵延的水花。华灯初上，年少的昨日是一团暖色，雨天带着如坠梦中的温柔浪漫。满世界的雨水落下，往事付流水。然而，人生中有些往事是岁月带不走的，仿佛愈经冲洗愈加鲜明，始终活在回忆里。生前守护着它们，死后带入永恒。

人生总该有一次大醉。因为工作应酬被迫灌酒，到尾声变成一场自我放逐。一杯接一杯，不管碰酒的是谁，一口气喝掉，懒理对方惊愕犹疑的表情。喝到最后，身体是飘的，意识是清醒的，把脸埋入掌心，落下泪来。

“时隔多年，我已不再想你。怎么能想你，告诉我，怎么才能忘了你。你说，你会永远等着我，在天堂，在地狱，在时光的尽头。你等我老去，等我露出沧桑模糊的面容，老得你认不出来……你说，你还是爱我。”

今夜有雨，浑浑噩噩中谢绝好心人相送，独自打车回家。出租车在高速公路上疾驰，冷风灌入，胃翻搅得难受，终于忍不住对着窗外吐出来，很快被雨水洗刷一空。司机无奈又好笑地说道：“你喝醉了，连老天都在帮你。”

突然忍不住笑出声来，司机以为是他的玩笑起了作用，干脆讲起了笑话，试图缓解我的难受。我却恍惚想起那年，也是这样的雨夜，凄冷的风和滂沱的雨，他脱下外套罩在我的头顶。长夜寂静，霓虹闪烁，并肩站在屋檐下听他高歌一曲《冷雨夜》，没一句在调子上，清亮的歌声却让我至今想起来都忍不住微笑。

“冷雨夜我在你身边，盼望你会知。可知道我的心，比当初已改变，只牵强地相处。”

“冷雨夜我不想归家，怕望你背影。只苦笑望雨点，须知要说清楚，可惜我没胆试。”

我试图将最美的年华奉献给一生所爱，可惜郁郁年华终换来缓慢冗长的空寂，青春过往的歌曲在耳边回荡，提醒我这一生路还很长。我试图将最好的时光留给未来一生相伴的伴侣，可惜梦中不曾远离的灯塔照亮长醉中盛放的容颜，让我从未忘记过往的人和滴落的雨。

若是有那么一天，在我即将离开之际，我挚爱的人，请不要为我哭泣。门前的银杏树依旧枝繁叶茂，屋檐下的燕子离巢南飞，窗台上的茶花仍留有余香。清晨的离别尚未到来，趁我熟睡时，摘一片叶子放在枕边，让我闻着初秋的味道慢慢醒来……让我走后，为你留温。

眼中有热泪缓缓溢出，夜晚的风将多年的情吹散，雨水覆盖面孔，冷却了温度。在遥远的异乡想起过去，夜色深浓，淅淅沥沥的雨声打入心扉。生命中最美好的情意，也许曾经心动，也许依旧在守候。时间改变的，不只是一个人的容颜。

多年后，回望过去，流着泪微笑起来……感谢你芬芳过我的年华。

“最美的不是下雨天，是曾与你躲过雨的屋檐。”

## 你我形同陌路，相遇也是恩泽一场

“我从未遇见一个真正爱的女人，或者结识一个真正要好的朋友。那是因为我从未遇见一个值得我结识的男人，或者一个真正值得我爱的女人。如果我没有写出什么好书，那是因为过去抽不出时间来写。还有，如果过去我没有什么心爱的孩子，那是因为没有找到可以与我共同生活的人。”

来自法国哲学家萨特。他是我欣赏的一类男人。

情爱里，很难一直保持清醒。再有决断力、杀伐果敢的人，公事上所向披靡，遇到情事时也会时而措手不及，时而表现得隐忍淡漠。他只是不知道该如何像对待公事一样处理棘手的感情问题，对他而言，这不是考验，是麻烦。一些自认为聪明的人，对感情信手拈来，周旋于各色人等之间，觉得自己极为出色。在若即若离间果断抽身，潇洒离去，夜晚加倍寂寞。

经典的爱情电影，也就那么几部值得反复地看。《花样年华》是喜欢的，记得当时看不过十来岁，没谈过恋爱。看这样一部影片晦涩难懂，满目绚丽的花色，大红大绿，非常耀眼。年轻女人的身姿，丰臀细腰，轻轻摇摆，一看即醉。

《花样年华》里有一句经典台词是："如果多一张船票，你愿不愿意和我一起走。"她到底是没有跟他一起走。于是有了后来的《2046》，一个苍老男人的年轻回忆。

"最怕的不是彼此是陌生人，而是慢慢变得陌生，有一天终成陌路。"

很多时候，我们甚至来不及认真对待彼此，便仓促告别。当时不自知，过后也不会反省。最初陌生最终陌路，中间的相遇、相识、相恋直到分开，好像是别人的故事，非常遥远。唯有在告别之后，在故事曲终人散之时，才确认它的发生，认可曾经的真实。

人是贪心的，有时候只是想多看一眼，一眼再一眼，情不自禁靠近，伸手、触碰、拥抱、亲吻……努力克制占有，依然管不住自己，想要更多无缘由地占有。待到真正彼此占有，又觉得过分入侵，开始暴躁、焦虑、歇斯底里地逃离。在不知不觉以爱的名义进行身心捆绑与束缚的时候，想一想当初，只是安静地站在人群中，期待对方温柔地再看自己一眼。

一些往往不费心思得到的东西，多半不是自己想要的。而费尽心思千方百计得到的，到最后都没了感觉。很多人想不劳而获，为此沾沾自喜，其实他们不知道，得到的同时也在失去。当对一件东西、一个人或者一段感情产生了厌倦，这就是他们的失去。

伸出手，五指并拢，没有一丝缝隙。这样的人，据说小气又绝情。内心的隐秘泛滥无人可知，诉诸于笔端，像电影里的周慕云，写一个关于“2046”的故事，是杜撰，也是回忆。

“我在为你努力，你很快就会见到。你不必对我抱有空洞的奢想，我只是将我的余生交给了你。我希望你牵着我的手，从我们相遇时起，一生。”

花开到几分好，车开到几时停。暮色中点一根烟，看天边夕阳残红，美成一幅绝恋的画，遥想深爱过的某人。我们其实很少爱自己，以为一生是一眼看不到的距离，其实只是两指间比画的长度，就在当中走走停停。

“你我形同陌路，相遇也是恩泽一场。”

就算分开，就算形同陌路，曾经的相遇相爱都是人生中不可忽视的印记，内心丰盈充满爱的供养。像风景画里轻轻勾勒的一笔，不会轻易发现，一旦抹掉便失去了它的价值。

“我所认为最深沉的爱，莫过于分开以后，将自己活成了你的样子。”

# 用整个宇宙，换一颗红豆

“婚前要保持处子般的心。”从小，母亲这样教育我。

爱是善美的哲学，对待它，要始终如一的真诚。还是少女时，最好的闺密问我：“将来，你要嫁给一个什么样的人？”“当然是爱我的人。”我无比憧憬地说道，“我也很爱他。”

很小的时候，母亲给我讲童话故事，最后总爱以“从此以后，王子与公主过上了幸福的生活”作为故事的收尾。故事就在这一刻戛然而止，真实的世界中，王子与公主是否真的从此以后过上了幸福的生活呢?

很多人，第一天相识，一件行李箱，两个人的温床。第二天、第三天……第十天，当余温渐渐散去，只剩下一个人的空房间，而另一个人拉着原封不动的行李箱去寻找下一个“爱的客栈”。爱人是客，爱情的巢是过期不候的中转站。

亦舒说，如果爱一个人，千万不要与他同居或是结婚。维持一个辽阔的距离，偶遇，可以爱慕的目光致敬，轻俏温柔、不着边际地问：“好吗？”一年一次已经足够。

很多时候，同居或者结婚的未必就是爱的人。因为种种条件、限制和不爱的人在一起，在心底保留一个爱的位置。对爱清醒的人视爱如一件珍贵的奢侈品，远远观赏，不会靠近。距离产生美，而一旦靠近就会破坏存在的美感，发觉其实很廉价。他们一般很少结婚，保持独身，但依然时时刻刻在爱。

大多数人只想爱情开花，逃避结出的果实。他们只愿从爱中找到填补空虚的刺激，不去想爱的真意。女人要为爱的男人生儿育女，男人要为爱的女人建造一座遮风挡雨的大房子。春天来了，房前屋后遍种果树与鲜花，秋天带着孩子们收获丰盛的食物。

尽管对爱时有怯弱，因为期待太深，害怕失望，时刻保持清醒。但仍渴望结婚，渴望生一个孩子。这种愿望，随着年龄的增长越来越强烈。曾不止一次设想未来的婚姻生活，爱人与孩子就是我的家，尘世纷纷扰扰，家是宁静安和的港湾。

给爱的人洗脚。

《圣经》中，“洗脚”是借由内在生命之水的供应，洗涤沾染世间的污秽与尘埃。“生命之水”的含义是，爱、理解与宽容。我希望以家人般的温暖，借由一双手洗涤心灵的尘埃。我会在每隔十年的结婚纪念日和我的爱人拍一次纪念照，将每一张照片好好珍藏。我会给我的孩子、孩子的孩子讲童话故事，当他们年幼时，像我的母亲给我讲故事那样，对他们说，“从此以后，王子与公主过上了幸福的生活……”我会努力活得健康丰盛，与我的爱人携手走过金婚，在我八十岁的时候他依然会为我梳头、洗脚。

“用整个宇宙，换一颗红豆。”

不是所有的爱人都是王子与公主，也不是所有的王子与公主从此以后都过上了幸福的生活。如今，也许很难再找到“给爱的人洗脚”的人了，但我仍愿意去寻找、去等待。如一个傻傻的对爱情充满期待与执着的傻姑娘，徘徊、辗转、低吟，且深深地相信——爱是芬芳馥郁的百花林，是两个人至善至美的殿堂，是照亮一切的“光”。

门丁尼亚女哲学家狄欧蒂玛说：“爱所向往的是自己会永远拥有好的东西。但爱并不是以美的东西为目的，其目的在于美的东西里面生育繁衍……爱也必然是奔赴不朽的。”

Love never fails.

爱必然奔赴不朽。

有生之年遇见你，执子之手，与子偕老。期许不只是“用整个宇宙，换一颗红豆”，而是“用一颗红豆，换你整个宇宙”。

# 那一首情歌有关风月，无关你我

王菲出新歌，电影《匆匆那年》的主题曲。这些年，无论她的感情生活被多少人诟病非议，她依旧我行我素，爱自己所爱的人，唱自己所唱的歌。

因为喜欢林夕的歌词，写下《爱是天时地利的迷信》。其实与林夕的歌词没有多少关系，将歌词引入感情生活，一首歌，一个人，一段情。王菲从二十多岁唱到四十多岁，兜兜转转三段情，始终有一个男人与她保持密切的关系，写出她的心声。

“如果再见不能红着眼，是否还能红着脸，就像那年匆促刻下永远一起那样美丽的谣言；如果过去还值得眷恋，别太快冰释前嫌，谁甘心就这样彼此无挂也无牵，我们要互相亏欠。”

跟着旋律轻轻哼唱，那样空灵优美的声音，婉转低徊。

在《爱》里写道：“他们都是自我的人，于是靠近，却不能持久地在一起。就像两团华丽燃烧的烟火，释放出足以照耀天地的光，让世人羡慕。它们互为彼此存在，却不能靠近，一旦靠近，便焚毁整个天地，化作灰烬。爱亦是如此，太耀眼的爱势必不会长久，不是因为对方的强势，是因为自我偏执。觉得这世间再也没有人比他更完美，而自己最害怕的就是这份完美。”

写下这段文字是在2012年。那年他离婚，一年后她离婚，两年后他们复合，引起轩然大波，大多数人不看好，甚至抵触。他们很小心地维护着这份来之不易的感情，低调沉默，不做任何回应。雾里看花花非花，花里有梦梦非梦。分分合合，真真假假，乐在其中。

感情事无法用现实因素猜度评判，今天她和他，明天他和她。你觉得好，他们很快分手，很快各自有了新欢；你觉得不好，分手十年各自离婚再复合，感情更甚过往。或许“是岁月宽容恩赐反悔的时间”，或许“是岁月善意落下残缺的悬念”，如果各自经历失败的婚姻依然确定需要这份感情，那一定是因为还爱着，不想为空落的余生留下任何后悔和遗憾。

你明明知道需要放手却迟迟不放，因为你还在等待不可能的发生。

你明明知道回不去了仍执意回去，因为你依然相信爱是命中注定。

《今生今世》中，胡兰成写道："我因说世景荒荒，其实我与小周有没有再见之日都不可知，你不问也罢了。爱玲道：'不，我相信你有这样的本领。'她叹了一口气：'你到底不肯。我想过，倘使不得不离开你，亦不致寻短见，亦不能再爱别人，我将只是萎谢了。'我听着也心里难受，但是好像不对，因我与爱玲一起，从来是在仙境，不可以有悲哀。"

他们经历相爱、结婚、分开、离婚……多年后，他再次尝试联系她，她已远渡重洋，嫁给了别人，不再看他写的信。高山流水，动静相宜。高山之静，流水可以懂得；流水的游走，高山却未必深谙它的态势，因为静水才可以流深。他以为身体相离，心还会彼此惦记。他惦记她，也只是触景生情，而她对他，是真的做到要忘记了。

不要等我流泪，你才明白我的悲伤。不要等我消失，你才知道我的存在。

我怀念的不是你，而是你给的曾经。沿途的风景，我只能边走边忘。

“那一首情歌有关风月，无关你我。”

多少风月情无关你我，只不过是被丢失的结果，仿佛一场盛大的劫难，谁也无法幸免。我无非人间看客，只愿逗留须臾。我该为你停留多久，一分钟，还是一个转身。你若远离，我必死心，再不为你流一滴泪。

深夜听歌，写作，万籁俱寂，每当这个时候才感到人生值得继续迷恋下去。人有人的宿命与归处，草树有它的姿态与芬芳。滚滚红尘里大多情爱只成过眼云烟、浮生笑谈，而这世间最好的人与最真的情，都是岁月的恩赐，都是命运的安排。

Chapter 07

# 去一个地方

## 当你感到孤独的时候，我也在独自寻你的途中

你十四岁，在课堂上背诵古诗词。你理解的孤独是，口中念的这句，“大漠孤烟直，长河落日圆。”

你十五岁，晚上一个人踢足球。你理解的孤独是，此刻只有它陪伴我，我却把它踢得很远很远。

你十六岁，第一次喜欢一个人。你理解的孤独是，他为什么不明白再简单的问题我都要问他呢。

你十七岁，突然想要离家出走。你理解的孤独是，天大地大，何处是我容身的地方。

你十八岁，还有三天就要高考。你理解的孤独是，坐在书桌前从一个凌晨到一个凌晨，看着桌上的座钟不言不语。

你十九岁，第一次离家远行。你理解的孤独是，荒无人烟的大地，看不到尽头。一群南飞的大雁，一字排开，划过天空。

你二十岁，为考四级通宵背单词。你理解的孤独是，背了大半本单词，却只记得一个“abandon”。

你二十一岁，躺在宿舍里彻夜失眠。你理解的孤独是，翻遍了通信录，没有找到一个可以聊天的人。

你二十二岁，面临毕业找工作。你理解的孤独是，一个人泡图书馆，一个人吃食堂，一个人投简历，一个人去面试，一个人找房子，一个人收拾行李默默离开。

你二十三岁，坐在格子间噼里啪啦地打字。你理解的孤独是，不合群是表面的孤独，合群了才是内心的孤独。

你二十四岁，加班到凌晨两点，独自打车回家。你理解的孤独是，走到家门前，微光从窗户里透出来，你恍然驻足，灯却熄灭了。

你二十五岁，周末一个人去看电影。你理解的孤独是，别人都在窃窃私语，唯有你沉默；别人都在笑场，唯有你黯然苦笑。

你二十六岁，决定辞职去穷游。你理解的孤独是，脱掉高跟鞋穿上布鞋，却没有人为你背上沉重的行囊，搂着你的肩膀大步向前。

你二十七岁，在外飘荡一年回到家。你理解的孤独是，墙角结满蜘蛛网，窗台上积了一层厚厚的灰，养了几年的仙人球死掉了。

你二十八岁，假期推掉应酬一个人宅在家里看日剧。你理解的孤独是，三天吃了两顿饭，却没有一个人发现。

你二十九岁，参加最好朋友的婚礼。你理解的孤独是，新娘对准你的位子将花球往后抛，你没有接到，她走过来拥抱安慰你。

你三十岁，送给自己的生日礼物是一趟西藏行。你理解的孤独是，走过高原去过荒漠，历过艰辛跨过险阻，几近生死，留下来的只有手机相册里的风景。

你三十二岁，生病了不治终于累倒。你理解的孤独是，躺在病床上听到一声婴儿的啼哭，一对夫妻抱着孩子从病房门口经过，你目送他们的身影直到消失不见。

你三十五岁，回老家参加亲人的葬礼。你理解的孤独是，看着他被白布缓缓蒙上的脸，此生再也不见。

你三十七岁，花一年时间去欧洲游学。你理解的孤独是，走遍欧洲每一个国度、每一处古迹，都想到了一句话：如果你在身边就好了。

你三十八岁，生意失败、婚姻破裂。你理解的孤独是，坐在空荡荡的房子里蓦然掉泪，我不挽留，而他们再也没有回来。

你四十岁，带着女儿坐过山车。你理解的孤独是，此时此刻她在你的怀里紧紧抱着你，而这个只给她一人的怀抱，总有一天注定成空。

你四十二岁，看见一条皱纹悄悄爬上额头。你理解的孤独是，好多事没来得及做，一辈子都不会做了；好多人没来得及见，一辈子都不会见了。他们好吗，他们在哪儿呢？

你四十四岁，花费半生积蓄在郊区买了一所大房子。你理解的孤独是，偌大的房子只有一只猫陪伴，每天早上带它去散步，晚上抱它入眠。

你四十七岁，离开城市去山区支教。你理解的孤独是，没有电视，没有网络，没有觥筹交错的应酬，没有呼朋引伴的交际，看着天上的月亮，分外宁静。

你五十岁，一个人坐在客厅里看电视到深夜。你理解的孤独是，家人都睡了，夜深人静只有自己醒着，听不到电视声就睡不着。

你五十五岁，独自坐大巴翻山越岭看一个老朋友，他却已经不在了。你理解的孤独是，有些人注定在一个偶然间出现在我们的生命里，却要用一生的时间遗忘。

你五十八岁，褪去一身浮华避世隐居。你理解的孤独是，只有在感知到真正的孤独之后，才能学会如何去生活。

你六十岁，每天早起出门买菜。你理解的孤独是，日复一日年复一年，生活没有变，唯独自己的心在变。原来孤独意味着老去。

你六十六岁，迷恋上听昆曲。你理解的孤独是，一遍遍听《游园惊梦》，一遍遍想起年轻时的爱人，真想唱给她听。

你七十岁，夜晚失眠多梦，天不亮就醒来。你理解的孤独是，夏天太热，冬天太冷，春天来得太迟，秋天走得太快。

你七十二岁，满头白发，皱纹覆盖整张脸。你理解的孤独是，坐在镜子前看着自己的脸，很多话只能对自己说，当时不懂，现在只有自己懂。

你七十八岁，清晨独自去爬山。你理解的孤独是，爬到半山腰停下来，坐在一处空地上默默点一根烟，等待日出。

你八十岁，在家擦拭老伴的相框。你理解的孤独是，他为什么走得那么早，为什么走的时候不带上自己，还有多久才能与他见面，下辈子还能不能在一起。

你八十三岁，拒绝儿女的服侍和陪伴。你理解的孤独是，他们给我再多，也不是我想要的。他们是他们，我终究是我。

你八十六岁，躺在摇椅上听收音机。你理解的孤独是，儿子看电视，孙子看电脑，重孙看手机，我的世界，他们不懂。

你九十岁，一个人独居，自己种菜，自己钓鱼，自己饮酒。你理解的孤独是，从来处来，到去处去，没什么可带走，也没什么可留下。

你一百岁，四世同堂，簇拥着你拍全家福。你理解的孤独是，百年之后，有没有人在奈何桥上等我，牵着我的手，许一个来生的承诺。

时光倒退，回到很多年前，当你还很年轻，尚不识孤独是何滋味。人生哄哄闹闹，很容易快乐，也很容易满足，那时候的自己啊……而这一辈子，就这么过去了。你闭上眼，眼角缓缓滑落一滴泪，轻声说，下辈子，我不想再这么孤独下去了……我希望有个人很快找到我，与我相爱，陪我到老。

“当你感到孤独的时候，我也在独自寻你的途中。”

# 青春，是与七个自己相遇

无所事事的时候，喜欢一个人看童话。睡前重温《夜莺与玫瑰》，作者是奥斯卡·王尔德。喜欢童话的人都是因为还不愿意长大，把自己封闭在孤独安静的青春期。我知道很多人爱他，爱那个在童话世界里单纯快乐的他，不知疲倦地写着一个人的情书。

曾经给一个小男孩讲过王尔德的童话，他最喜欢《自私的巨人》。后来去了英国。很久之前他对我说："姐姐，将来我要去英国留学。"我问为什么，他说："因为奥斯卡·王尔德，我爱他。"以为不过是孩子随口说出的话，没想到真的去了英国。可王尔德并不喜欢英国，大概是憎恨吧。他生命的最后日子在法国，至死也没有回去。

“开到荼蘼”系列最后一本，写下奥斯卡·王尔德的一生。以“初心”赋予这本书主题，“我爱的不是你的性，是你爱我的初心”。那个听我讲故事的小男孩长大了，去了英国，念了戏剧学。我们很长时间才联络一次，送给他这本书。

与很多人相反，更喜欢历经沧桑的王尔德，喜欢他的睿智与沉默，因为那时候的他，才属于自己。而更多时候，人生的四分之三都给了别人。他不是一个稳妥的人，表面说着追求享乐、满足自我，其实从未替自己考虑。他活得放纵而辛苦。

“爱，以自欺开始，以欺人结束。”

王尔德的一生都在诠释这句话。爱是人与美的对峙，为了欺骗。欺骗自我，欺骗大众。倘若有例外，那是奥斯卡·王尔德。但人生没有例外。

“用最美的文字掩盖最不安的灵魂，用最从容的哲学防卫最纯真的心。”有人这样评价。爱他的人何其爱，恨他的人出于爱。他其实是一个善良单纯的人，内心柔软，外表放纵。

人的生活原本贫瘠，若自己不去开垦，将荒芜到老。你应该抛下过往，想想未来。过去的你，一些天赋尚未来得及挖掘，一些人尚未用心去挽留。过去的已然过去，不管是痛苦的还是美好的，终将不再。过去只占有人生的一半，甚至未及一半，另一半是现在与未来，是你尚未经历的，远甚于过去。

心是情感的荒原。用心播种，荒原变成花园。

《勇敢的心》里，梅尔·吉布森扮演的民族英雄威廉·华莱士，为了民族与自由反抗。他的妻子死在敌人的刀刃下，他强忍悲伤，奋起抗争。实力悬殊，然而华莱士凭借惊人的毅力与战斗的激情，击败钢盔铁甲的英军，为苏格兰的独立与解放开辟浓墨重彩的篇章。

“每个人都会背叛，会忘却。每个人都会心如死灰……但我不想失去我的心。”

做一件事，不论错对，只遵循自己的心。你要知道，你是为你而活，还是为别人而活；你是为爱情而活，还是为流言而活。只有你明白，你的心在何方。

遗忘是心的缝隙，漏掉记忆的珍贵。

有人说，青春，是与七个自己相遇。一个明媚，一个忧伤，一个华丽，一个冒险，一个倔强，一个柔软……最后那个正在成长。

每到一个地方，就会看见一个不一样的自己。每一个自己，都珍藏着一颗青春无悔的心。无论光阴逝去，无论岁月沧桑，那个被时间裹挟的影子，永远地停留在了记忆深处。其实从来没有能陪你走完一生的人，或许仅有的一个，便是自己。这就是成长的代价。

去英国留学的小男孩给我寄了一张明信片，是他拍下的照片。正面是一座墓碑，碑面上遍布吻痕，鲜花簇拥。上面写着“OSCAR WILDE”，旁边是他的签名。照片的背面寥寥数语：“姐姐，我终于见到了王尔德。我亲吻了他。”

我微笑，眼里有泪。想象那个大雪纷飞的清晨，一路无人，一个人冒着风雪孤单行走。身体是冷的，眼泪是热的。随手摘下一朵枯萎的玫瑰，想起很久之前写下的话，玫瑰为何枯萎，因为眼泪的焚毁。我的眼泪，灼伤了艳红的玫瑰。可枯萎又如何，爱你的心，永不枯萎。

## 每段青春都会苍老，但记忆里的你一直很好

在青岛旅行遇到一个男孩，当地人，在海洋大学念环境工程系，假期在青年旅舍打工。他有一把吉他，闲暇时喜欢拨弄几下，自弹自唱，自娱自乐。他告诉我，最喜欢的歌手是Bob Dylan（鲍勃·迪伦），最喜欢听的歌是*Make You Feel My Love*，翻译成中文名是《让你感受我的爱》。

1997年，鲍勃·迪伦推出了他歌唱生涯中的第四十一张专辑——*Time Out of Mind*《被遗忘的时光》。这一年，他五十六岁。英国女歌手Adele翻唱了这首歌，现在年轻人听到的更多是Adele的版本。

而十多年前，第一次听到这首歌的时候，我为之折服，爱上了这个叫鲍勃·迪伦的男人。

《被遗忘的时光》是关于衰老、爱、悔恨和生命，所有歌曲均以第一人称创作，讲述了一个垂垂老矣之人的心灵之旅，深邃而平和。

鲍勃·迪伦老了，2011年来北京开演唱会，依然有很多人慕名前往。当中不少十几、二十几岁的歌迷，受他们父母的影响，一家人结伴去看。他是父辈年轻时代的偶像。

When the rain is blowing in your face（当雨水打湿你的脸颊），
and the whole world is on your case（当这个世界将你抛下），
I could offer you a warm embrace（我多想好好抱着你），
to make you feel my love（让你感受我的爱）.

“我看见无限近似透明的蓝，延伸的直线，朦胧的直线，穿透我卑劣的心……”

他在日记中写道：“黎明的海岸笼罩在晨雾里，海风的咸味透着空气的清新，一条沿海小径是命运的连线，靠在岸边木篱。他对着梦醒的海，抬了抬左臂，手指微张，透着熹微的晨光，身边躺着一把纯木质的手工吉他，安宁而寂寞。”

十九岁时，写下他，一个萍水相逢的少年。他背着光，蹲在熙熙攘攘的街道边，默默捡起地上散乱的钱币。余晖洒在周身，覆上一层淡淡的金色，宛若古老城堡前的静穆雕像。每个清晨与傍晚，在人流舒缓的街角弹吉他，那些熟练的曲调于失神间源源不断地流出。白天在书店打工，反复听那首*Make You Feel My Love*，看《挪威的森林》与《在路上》。

父亲是大提琴老师，从小让他习琴。“你是个有天分的孩子，你要比别人更努力。”父亲常常这样对他说，他的心里没有涌现多少惊喜，已经厌倦了这种周而复始困顿枯燥的生活。父亲与他生活近二十年，那是个安静本分的男人，郁郁不得志，窝在小地方教音乐，学生寥寥可数。他把全部精力和感情投注在对儿子的教育与培养上，始终不见成效。

“我不喜欢父亲给我安排的路，他逼我学大提琴，可我喜欢的是吉他。他喜欢古典音乐，而我喜欢摇滚乐。他窝在小地方一辈子，空有理想一事无成。我不想重走他的老路，我要自己闯出一片天地……”

高考失利，没有考上理想的音乐学院。他独自背着十八岁时偷偷攒钱买给自己的礼物——一把手工吉他——来到一座陌生城市，靠在书店打工与街头表演维持生活。这一年，他十九岁，喜欢村上春树与杰克·凯鲁亚克，迷恋他们的小说。喜欢海子的诗，编成曲子于每个清晨、夜晚孤独弹唱，也不管有没有人喜欢。

我在书店买书时认识了他，是那本《挪威的森林》纪念版。他微微一笑，问我，你也喜欢村上吗？我并非村上春树的忠实读者，只是单纯喜欢这部小说，和他闲聊几句。促使我们后来经常聊天并意外建立起一段友谊的是那首*Make You Feel My Love*。我们都喜欢鲍勃·迪伦。

相约二十岁时去北京看迷笛音乐节。为彼此的二十岁庆生，一束洁白天堂鸟，一场绚烂烟花事。记得周末两个人经常一起坐公交，去“7-11”吃关东煮，坐在小河边一边弹吉他一边喝啤酒，骑自行车放声呐喊，把烟头用力往前扔……昏暗街灯恍惚后退，纷乱世间霓虹。

记忆在倒退，他的微笑与落寞隐在夜幕下的烟雾里，如梦似幻，非常不真实。很多年后，当我看到莫西子诗的演唱，想起了久违的他。二十岁生日许愿，我说，我想当个会唱歌的作家。他说，他要当个会写诗的歌手，而今，我已成为一个不折不扣的写作者，他呢，是否还在街边弹着吉他，唱着自己写的歌。

“我已是二十岁的男人，虽然莽撞，但始终难以丢弃儿时胆怯的心。远远观望着美，想要得到，却始终无法说服自己哪怕再向前走一步……”

他面向大海迎风站立，双手展开，衬衣逆着风猎猎作响，伸展飞翔的姿态像一只巨大的白色海鸟，就要随风而去。海水扑打脚踝，湿意袭上后肩，太阳的光亮将周身镀上一层耀眼迷蒙的金色，身边静静躺着一把纯木质的手工吉他，安宁而寂寞……那一刻，时光交错，记忆纷乱，他和他的影子重叠在了一起。

“每当太阳西沉，我坐在河边破旧的码头上，遥望新泽西上方辽阔的天空，我感到似乎有未经开垦的土地，所有的道路，所有的人都在不可思议地走向西部海岸。”

这是《在路上》的一段话。我们每个人都始终在路上，尽管难以割舍，但必须割舍，继续上路。

离开青岛前的傍晚，我买了张明信片写下送给他的话，投向大海。那句话是：“每段青春都会苍老，但记忆里的你一直很好。”

When the rain is blowing in your face（当雨水打湿你的脸颊），
and the whole world is on your case（当这个世界将你抛下），
I could offer you a warm embrace（我多想好好抱着你），
to make you feel my love（让你感受我的爱）.

When the evening shadows and the stars appear（当夜幕降临群星闪现），

and there is no one there to dry your tears（没有人为你拭去眼角的泪水），

I could hold you for a million years（我愿永世将你捧在手心），

to make you feel my love（让你感受我的爱）.

I know you haven't made your mind up yet（我知道你还未下定决心），

but I would never do you wrong（但我永远不会让你伤心）.

I've known it from the moment that we met（我知道从我们相遇的那一刻起），

no doubt in my mind where you belong（已然心有所属）.

I'd go hungry; I'd go black and blue（我寝食难安，我低落消沉），

I'd go crawling down the avenue（我终日在林荫路上徘徊）.

No, there's nothing that I wouldn't do（我愿意为你做任何事），

to make you feel my love（让你感受我的爱）.

The storms are raging on the rolling sea（人生如波涛汹涌的大海），

and on the highway of regret（生活中难免存在种种遗憾）.

Though winds of change are throwing wild and free（无常的狂风难以避免），

you ain ’ t seen nothing like me yet（但你的心永不磨灭）.

I could make you happy, make your dreams come true（我会让你快乐，梦想成真），

Nothing that I wouldn ’ t do（我愿意为你做任何事）.

Go to the ends of the Earth for you（与你一起走向世界的尽头），

to make you feel my love（让你感受我的爱）.

# 既然选择了远方，便只顾风雨兼程

读汪国真的诗：“我不去想是否能成功，既然选择了远方，便只顾风雨兼程。”

很小的时候，告诉自己，此生有些事必须一个人去做，不论结果是否成功。有些人必须全心全意去爱，不论对方是否回报同等的爱。因为只有付出之后，才明白得到的是否彻底。

光阴如梭，不知不觉走到了该走的年纪。以为成长只是一段路，却不知，人的一生都在成长，都在行路。人要付出代价才会成长，不付出代价，也会付出光阴。

博尔赫斯说："过去是构成时间的物质，因此时间很快就变成过去。"这位伟大的智者成了我读书时代的引路人。

成为一名写作者，一年去一个地方旅行，写一本书，这样的人生，是我想要的。这样的人生，令我的心安静，令我从人群中脱颖而出，令我更加坦然地看待过去，安然地面对未来。

再一次启程去欧洲，每天计划去一个地方，马不停蹄，鲜少有时间休息。有时候整夜不睡觉，累了就闭目停顿一下。其实这种旅行很累，也不是自己需要的。但现实所迫，就如攻城，旅行的目的带有攻略性。我知道我没有多少时间，想去的地方那么多。

荷兰是一个比较开放的国家。在大巴上遇见一个骑行者，对我讲起荷兰的见闻。曾经被一个男人当众搂抱亲吻，路人鼓掌起哄，没有人歧视辱骂。露臀的男人随处可见，如果你停下来看着他，他会撅起自认为优美的臀部，要你亲吻。

就是这样一个国家，开放的程度令保守的东方游客瞠目结舌。当然，这只是一种现象，无论错与对。只有接受或者不接受。接受，微笑而过；不接受，同样微笑而过。

在欧洲古城看教堂，身边没有解说员，只能凭感觉去触摸。伊斯兰的建筑风格，却是实实在在的天主教堂，听说几百年前阿拉伯人入侵，创建伊斯兰王国，这座城市的信仰被迫改变。躺在王宫的后花园，鸟语花香，眯着眼睛任日光曝晒，身畔无人打扰。

一路向前，去了很多僻静的地方。看到一扇门，腐朽破落，门上雕刻着繁复的伊斯兰图纹，因为年代久远，无法辨认。也没有人想要进入，身后三三两两的游客皆是匆匆一瞥便离开。可是，它吸引我，仿佛是多年前，又仿佛是前世，我曾经在哪里见过。

我想推开它，走进去。楼顶有一扇密闭的天窗，二层古楼孤独地建在山顶，群山环绕，王宫的城墙时隐时现。百年前，它或许只是供侍从休息的地方，或者是后妃的冷宫。现在的它与世隔绝，历经沧桑。

玫瑰开在墙角，身后是一堵白色高墙。我站在山的最高处，白色的古楼、腐朽的木门、繁复的花纹、红色的玫瑰……远处，蓝天白云，流水飞逝。情愿在此长住，与山共眠。

人在怎样的年纪都渴求安全感，这种安全感源于自身，与外界无关。小时候，希望世界是走得进去的童话，就住在里面，永远不出来。长大后，世界是现实中的世界，童话是记忆里的童话，祈求有一颗童心。即使伤痕累累，也有童心来治愈。

慢慢地，我开始不想说话，不想与人交流，不想归根，不想再认识新朋友。安于一种现状，听听心的声音，奏响怎样的夜曲。

在云南，一个人走很远的路，那时候我才十几岁，离家出走。正值暑期，我骗家人说去同学家住几天，其实是一个人背着包出走，目的地是香格里拉。

香格里拉到底是没有去成，走到一个不认识的地方。遇见一辆驴车，我说，我很累，请你停下来捎我一程。然后，见到了传说中的泸沽湖。载我的人是摩梭族人，我们语言不通。我执意给他钱，他微笑摆手，在我凝定的视线里消失不见。身在如此美丽的地方，以为一切在梦中。旅行的钱是平时攒下来的零用钱，花费得所剩无几。一路搭车过来，更多时候是用一双脚走路。回想起来，也就是那个年纪天不怕地不怕，就怕人生无趣。

这里群山环绕，与世隔绝。山清水秀，草长莺飞。天空、湖水、云，相互映衬，构成一幅绝美的画。天空之蓝，湖水之绿，云朵之白，落日之红……彼时，大概再也不会看到如斯优美的景了。多年后，我已从十几岁的姑娘变成二十多岁的成年人，从东方到西方，变的是岁月与景，不变的是人的心境。依然为之留恋、沉醉。

很长一段时间，我盲目地做着一些不想做的事。有些人生来注定做一些事，有些人穷尽一生都没有找到人生的方向，也过了一生。

我不愿被岁月遗忘，更不愿被命运摆布，在懂得的时候懂得，继而改变，而今，已庆幸良多。我不觉得这是天生的，尽管旅行是一场缘分，但起码我为这场缘分做了一年、三年乃至十年的等待和努力。

所有的缘分都要用心等待，并为之努力。我走过过去的人生，尚不知未来的人生是何模样。但我知道，我最好的人生就是和所爱之人在一起。

既然选择了远方，便只顾风雨兼程。

## 我是你流浪过的一个地方

你有没有想过去流浪，一个人背着包，为了想象的爱情与美丽的青春，去流浪。在我年少时，曾经有过一次流浪的经历，那是和一个姑娘，她对我说：“我们什么都不管，就我们两个，去流浪。”

十六七岁的年纪，怀着诗一般的梦想。我被她牵着手，穿过校园的林荫道，越过后墙，外面停着一辆自行车。去的地方不远，女孩载着女孩，一个短发一个长发，沿着小河，一路上谁也没有说话。两个人，一条路，就这样仿佛永远走不到尽头。

她对我说："你知道流浪的意义吗？你看天空的鸟，它似乎永远都不知道疲惫。在你的眼中，它一直在飞翔，其实它是在流浪。我想做一只没有脚的鸟，离开大地还有天空，我的翅膀带我飞，飞到哪里就是哪里。如果有一天我停下来，那就是我的死期。"

她是一个有着忧郁情怀的人，写许多美丽的诗。时隔多年，我已和她失去了联系，却依旧记得她说的："你看天空的鸟，它似乎永远都不知道疲惫。在你的眼中，它一直在飞翔，其实是在流浪……"

我就是那只没有脚的鸟，一生都在流浪。

对于流浪，我将它珍藏在少年时代，那是一段痛并快乐的青春。我对自己说，看吧，你的青春，朴素而平凡，美丽而孤寂。你看着和别人一样，却在心里写一首遥远的诗。你爱着身边的人，心中却惦念一个远方未曾谋面的人，你不知道他的名字，不知道他来自何方。你渴望一场流浪，携着你写的书，穿着长裙去找他。他在梦中伸出一只暖如葵花的手，值它凋零的时刻，仿佛邀请，又仿佛在等待。

他对你说："你，愿意跟我去流浪吗？"

抬头看天，天空依旧孤寂冷清。长星冷月照无眠，外面的人都在很灿烂地谈笑风生，的确是萍水相逢之人。

我们都是这个世界的美丽孤儿，我们都带着孤独在流浪。

懊恼有卸不下的忧愁，颓怯这凶猛的思流，为何有忘却了本性的卷首，让风筝脱离线轴。流浪是一首美丽而孤独的歌，水风轻吹里，连落叶也枯黄了点点星光。

我梦见自己长了一双翅膀飞了起来，像故人说的那只没有脚的鸟，穿过云层，穿过苍穹，飞在云天之上。天空没有尽头，我看着变幻莫测的日出，它指引我要去往的地方，那里无边无际，比大海宽广，比时光悠长。那里是人间无法丈量的域界，我伸出手，触摸光中的梦影，梦中人对我回眸一笑，似我，又似他。

他对我说，我们曾经都是天使，为爱坠落人间……为爱，孤独地流浪。

倘若这一次的割舍是此生的诀别诗，念一首诀别诗给你听。但愿，你在没有我的余生能想起我带给你的所有快乐。

蒲公英在五月的阳光下开得颓败，渐近夕阳般寂寥落寞。那些银色透明的种子，孕育在襁褓中，习惯了流浪的生命，春色中的花开，亦是颓唐不羁。此生，我注定要决绝地离开，离开故土，离开故人。这种信念似幼时缥缈的歌谣时时刻刻引诱着我，热烈且真挚。

“亲爱的，I hope you never grow old，I hope you forever young.”

青春没有退路，似一滴水珠飞速坠落无法挽留，感觉快乐还是痛苦，请抚摩胸口的心脏。你一定知道我会选择他望着这个世界的时候，眯起双眼，不言不语，于心中历数每一个表情、每一幅真实存在过的画面，在耳边轻声说，我是你流浪过的一个地方。

Chapter 08

# 做一场美梦

# 你只管美好，上天自有安排

你一岁的生日，一家人为你欢度。父亲为你剪了胎发，母亲给你系上红绳，爷爷奶奶送给你长命锁，祝愿你一生平安。

你四岁的生日，仍然是一家人为你过。父亲为你煮阳春面，母亲给你订了蛋糕，外公外婆做了一桌丰盛的晚餐，祝愿你永远快乐。

你六岁的生日，父母均不在身边，外公陪你过。他卖掉收藏多年的报纸和书籍，给你买了一只洋娃娃，这是你收到的最好的生日礼物。

你八岁的生日，妈妈带你去游乐园。那是你第一次去游乐园，坐了旋转木马和滑滑梯，妈妈给你买了一只蛋筒，你的生日像蛋筒一样甜。

你十岁的生日，好多认识的不认识的人都来了。爸爸妈妈为你举办生日晚宴，每一桌都订了一个大大的蛋糕。你穿着妈妈为你买的新裙子，打扮得像个公主，在一堆人的见证和祝福下，闭上眼睛默默地许愿。

你十二岁的生日，一帮同学为你庆祝。你们同窗六年，玩笑打闹，从稚嫩到成熟，从陌生到熟悉，一场以生日为名的告别聚会中，你们都长大了。

你十七岁的生日，收到一个神秘礼物，还有一封信。你第一次收到一个人的表白，连同他的礼物成为青春时代最美好的记忆。

你十八岁的生日，给自己举办一场成人派对。你穿上高跟鞋，抹上口红，对着镜子里的自己摆出S型曲线，啵个飞吻。

你二十岁的生日，和室友们彻夜狂欢。她们事先瞒着你订饭店、买蛋糕、准备礼物，还请来全班最帅的男生为你弹吉他。你喝得酩酊大醉，被她们抹了一脸的蛋糕。

你二十二岁的生日，一个人拖着行李坐火车，霓虹夜景一闪即逝，母亲发来短信：宝贝生日快乐，我们今天吃的面，你呢……你看着面前一碗热腾腾的泡面，微笑着流下了泪。

你二十五岁的生日，独自在异乡度过。喝的不是家乡酒，吃的不是家乡饭，坐在角落弹着琴的小伙儿孤独吟唱，就当作是为你而歌。

你二十七岁的生日，男朋友与你共度，他带你去华贸吃了一顿昂贵的法餐，侍应生开了一瓶特定年份的红酒，你们举杯共饮。在温馨醉人的烛光中，他打开一只小巧精致的盒子。

你三十岁的生日，老公带你二次蜜月，在泰国普吉岛，你仰躺在轻轻摇曳的碧波中，看天空绝美晚霞如画。身畔是此生共度的人，你靠着他，安静地睡着了。

你三十三岁的生日，一个人在办公室加班，同事们都走光了，没有人知道你今天过生日。抬起头来已经是晚上八点，你打算叫份外卖，办公室的灯突然亮了，同事们捧着蛋糕走了进来。

你三十六岁的生日，妈妈给你打来电话，爸爸照旧下厨为你做阳春面，妈妈给你织了一件毛衣。她说北方天冷了，离家在外要注意身体，什么时候回家看看，爸爸妈妈很想你。

你四十岁的生日，全家去吃你喜爱的家乡菜。老公送给你最爱的“香奈儿N° 5”，女儿送给你她画的你的肖像。你觉得很开心，也很幸福。

你四十五岁的生日，带着孩子回家看爸爸妈妈。爸爸开了瓶红酒，妈妈做了一桌子菜，打开音箱放一曲华尔兹，年迈的父母载歌载舞，女儿在身边手舞足蹈，你的眼眶红了。

你五十岁的生日，老公亲自下厨，像儿时父亲那样，做了一碗长寿面。儿女都在身边，带着他们的女朋友和男朋友，一家人做饭给你吃，唱歌给你听，好不热闹。

你五十七岁的生日，和多年不见的老友重逢。你们絮絮叨叨聊了一晚家常，喝了好几瓶酒，仍然意犹未尽。醉意正浓，他拍着你的肩膀感叹道：“今天是你的生日，我还记得啊。”

你六十岁的生日，有了外孙。女儿和女婿把孩子抱给你看，你颤颤巍巍地接过，激动得热泪盈眶。你和小外孙同一天生日，是命中注定的缘分。

你七十岁的生日，儿孙满堂。孩子们从各地赶来为你过生日，礼物堆满你的房间。你穿着女儿买给你的衣服，喝着儿子买给你的红酒，吃着外孙夹给你的蛋糕，再幸福也不过如此。

你八十岁的生日，老伴带你过金婚。这是你们第三次度蜜月，谢绝儿女的陪伴，两个人手牵着手去丽江。这是当年你对老伴随口说的心愿，过了这么多年他依然记得。

你九十岁的生日，你和老伴都健康地活着。他口齿清晰，记忆力很强，念叨起久远的你早已忘掉的事，告诉你多年前第一次见你的场景。你听着默默地想，下辈子我们还要在一起。

你一百岁的生日，四世同堂，儿女们都老了，孙子辈们也都长大了。看着他们或年轻或苍老的面容，回首过往百年，一幕一幕，依稀遥远又似近在眼前……一切都是最好的安排。

“人生十年曰幼，学；二十曰弱，冠；三十曰壮，有室；四十曰强，而仕；五十曰艾，服官政；六十曰耆，指使；七十曰老，而传；八十、九十曰耄，七年曰悼。悼与耄虽有罪，不加刑焉。百年曰期，颐。”

你只管美好，上天自有安排。

## 心怀有梦，俯身为蓝

土耳其诗人塔朗吉写道：“我要一个国家，天要蓝，麦田要黄，树叶要青青，土地要满是花和鸟声。我要一个国家，头要它不痛，心要它不苦，兄弟之间要它不斗争。我要一个国家，人不要分贫富，也不要分你我，冬天来时，人人都要有家屋。我要一个国家，日子都要用爱心来过，除了死亡，谁都不埋怨什么。”

他说出了我们的心声。这个世界，灾难和疾病都可以抵御，战争和贪婪却无法阻挡。放下笔耕，重拾背包，在夏日将尽的时候，去了以色列。一个梦想中一定要去的国家，一个几度梦回无法看清的地域，正对我一层一层揭开神秘的面纱。

以色列，希伯来语意为“与神角力者”。它的名字源于《圣经》，犹太人的祖先雅各与神角力并取胜，神将雅各的名字改为“以色列”。没有去以色列之前无数次地想，它是否如传言中所说，“永远战火不断、纷争不断，携带着种族歧视、民族分裂，人民饱受政治与宗教争斗的煎熬，沦为权力下的牺牲品……”

当我踏上这片土地，来到名城特拉维夫，白色的特拉维夫城如白鸽一般安宁纯洁。蓝天白云，碧波深海，天与地安静优美得如同一幅绝世名画。信步游走在街头，孩子明媚喜悦的笑脸，带着这座城市特有的清爽与温暖。一双黝黑明亮的大眼睛，深深地注视着来到此地的异乡人，让我情不自禁地想要给他微笑和拥抱。

特拉维夫在希伯来语中的含义是“春天的小丘”。望着深蓝的天空、静谧的大海，夜的春潮悄然袭来，海面星光闪烁，仿佛披上一层波光粼粼的纱衣。海风徐徐吹来，身心为之愉悦爽朗，生出一种说不出的朦胧迷醉的感觉。此时此刻，这个一度饱受战火与纷争的国家给我从未有过的幻觉，仿佛置身上帝的伊甸园，没有痛苦，没有烦恼，永远安宁快乐。

沉浸在异国他乡，再完整无缺地走出来，大概没有什么幸福能够超越旅行的自由。自由的时光是该用来寻找生命中真正的自我认同，你以为你只是没有责任心，其实你是没有灵魂，或者你的灵魂失去了重量。

《圣经·塔木德》言："如果上帝的伊甸园在以色列，那么，它的大门即是贝特锡安。"

有着"伊甸园的大门"美誉的贝特锡安，历史由来已久。这里有十八层不同历史时期人类居住过的遗迹，最早可追溯至公元前5000年。贝特锡安的古城遗址规模庞大，而我看到的出土遗址只是其中非常小的一部分。

各个时代的历史建筑汇聚于此，处处透露着非凡与壮观。拜占庭时期的浴池，热水从石墩中间流过，上面是浴盆，构架十分精巧。古罗马时期的公共厕所，使用者需坐在两块石板中间。帕拉丢大街是拜占庭时期贝特锡安最热闹与繁华的街道，还有以色列境内规模最大、保存最完好的古罗马剧场，一根根竖立着的圆柱极具古罗马时代的特色，柱头的雕花精巧细致……站在贝特锡安古城遗址的我，化身穿越时空与地域的和平使者，踏着地中海的浪花而来，只为留下只言片语，记录一段跨越古今、中西的自由之旅。

因为心的相近，才会觉得彼此没有国度、种族、领域、文化、语言的差异。我用心触摸，这里没有硝烟；我用心感受，这里只有对和平的渴望。我远望窗外宁静盛开的小花，希望这个夏季过去，银莲花依旧绽放于海之彼端。

“想念过去的年代，那时候，天很蓝，水很清，我坐在你的自行车后座，轻轻地笑。”

天还是那么的蓝，水还是那么的清，脚下的沙子温暖柔软得像是摇篮里的毛毯。一对年轻夫妇迎面走来，丈夫抱着孩子，一家三口来到海滩散步。孩子金发碧眼，见我微笑着注视着她，小脸上露出甜美可爱的笑容，发出“咯咯”的笑声。那对年轻夫妇热情地向我打招呼，“沙隆！（你好）”……看着母亲低下头亲吻孩子的脸，我不禁想起了遥远的故乡。

我想留一张日光里的相片，作为永久的纪念。不管以后的人生如何，每当看到它，就会想起那个在阳光下静静微笑的女孩。想起她坐在一个人的自行车后座上，穿着蓝裙子白球鞋，阳光灿烂明媚，穿过美丽幽静的林荫道，一路洒下欢歌笑语和叮铃铃的清脆铃声。

所有的青春都该尽情狂欢，所有的梦想都要全力以赴。如果有一天不经意地想起，也不会有太多的后悔和遗憾。相聚是短暂的，分离是永恒的，人或许最难抓住的就是远在天涯的梦想，与近在咫尺的怀念。

心怀有梦，俯身为蓝。

## 我是街上的游魂，你是闻到我的人

去丽江是我一念之间的决定。工作太过繁重辛苦，莫名想要逃离，所以提前请了年假，一个人简单地收拾行囊谁也没有告诉。当时是早上的飞机，前一晚我还在办公室加班，草草睡了两三个小时，打车去机场高速。夜深雾重，出租车一路疾驰狂奔，身体疲乏无力得如同漂在水面的蜉蝣。

按照预订的地址来到青年旅社，前台是个二十出头的短发姑娘，左耳一排耳钉。听口音像是北方人，原先是来丽江旅行，因为喜欢这里便留了下来，一边工作一边生活。黄昏时分出门散步，这个时候丽江的游人不是很多，大多是独自旅行的背包客，看着远处沉默地抽着烟或对着某处举起镜头。

一年里，我大半的时间在都市奔忙，但仍然不忘挤出时间出去旅行。待在某个安静美丽的小城，写作散心，与世隔绝。去年在周庄，今年在丽江。很多人说，来丽江是为了艳遇，那是过去的说法，毕竟哪有那么多的“艳”可以遇。当地人与游客、老板与旅客、游客与游客……仿佛生活在两个平行时空，偶尔产生交集，很快分开得毫无踪迹。

在青年旅舍住了一晚，我找到一家当地人开的客栈，它藏在一条僻静的巷子深处。走廊里挂着大红灯笼，让我想起一部电影，颇为古朴喜庆。订了顶层阁楼，推开窗户看到鳞次栉比的屋檐，天空灰蓝，一群黑鸟飞过，穿过古老的城市，停栖在远处的拱桥上。

喝一杯温水，打开笔记本开始一天的写作。停滞三年的小说——文档里沉默地躺着十六万字——只是完成了一半。故事的发生地在丽江，构思时我还没有来，动笔却有如神助，好像一直住在这里，熟悉这里的一砖一瓦、一花一树，从未离开。

夜晚有当地集市，摆摊卖珠串、扇子和当地特产。云南盛产玉石，祖母绿、蓝宝石、金刚石、紫牙乌、水晶、黄玉、橄榄石、绿松石、孔雀石、独山玉、岫玉、玛瑙、珍珠……各式各样，流光溢彩如天上繁星。买了祖母绿和玛瑙串成的手链，戴在手腕上，非常好看。

经过一家小酒吧，走进去要了一杯莫吉托。丽江的酒吧和北京的酒吧没什么区别，像是周末去后海放松，感觉无比熟悉。酒吧里只有老板一个人，里面放着朱哲琴的歌。我出神地听着，看着窗外的夜景。人人都说丽江好，到底哪里好，却说不清楚，也许是人约黄昏后的浪漫，也许是午夜喝一杯的寂寥，抑或什么都不是……只是在这里，创作者有了创作的灵感，孤独者有了想爱的冲动。

想起一句话："我们都是带着阴影上路的人，保留最初的那一份眷恋。"

是的，我们都是带着阴影上路的人。有人问我，很多事情你都一直记得吗？我说，记得。他说，那些给你带来痛苦的人和事应该试着忘记。我说是，但正是因为太过痛苦才会刻骨铭心。他说不，总有一天你会忘记……而你之所以记得，是因为你依然在乎。

一觉醒来，这是我在丽江待的第三天。出发之前，因着强烈的冲动和长久的渴慕，对它产生种种臆想。有人说它是天堂，也有人说它就是一座普通低俗的小城，我说不出它带给我什么样的感觉。当我来到这里，清晨写作黄昏散步，夜晚逛集市去酒吧听首歌喝一杯酒，觉得它再好再坏也不过如此，这是它本来的样子。

梵高在给提奥的信里写道：“每个人的心里都有一团火，路过的人只能看到烟，但是总有一个人，总有那么一个人能看到这火，然后走过来陪我一起。我在人群中看到了他的火，我快步走过去，生怕慢一点它就会被淹没在岁月的尘埃里。我带着我的热情，我的冷漠，我的狂暴，我的温和，以及对爱情毫无理由的相信，走得上气不接下气。我结结巴巴地对他说：‘你叫什么名字。’从你叫什么名字开始，后来，有了一切。”

Seashore washed by suds and foam.

Been here so long got to calling it home.

“海水洗岸浪飞花，野荒伫久亦是家。”

我在文档里敲下这几行字，遥看窗外暮色夕阳。天空高原洁净，小河蜿蜒流淌，青砖白墙，黑色的屋檐下挂着红灯笼，随风轻轻飘荡。古老的石板湿润幽凉，穿着鲜艳服饰的纳西族少女从桥上走过，年轻的小伙子在楼上招呼一声，回眸一笑。

如果眼前出现一个人，站在那里，地老天荒，只为赴一场命中注定的相遇。旅行，是否有了生动圆满的意义。但我知，心中寂静的旅途一生都无法走完。窗外有光，天色灰蓝，远行的脚步还在继续。走过冬夜里的冰湖，在天涯边际远游，生来所有美满，都不如那一刻，朝着你狂奔而去。

我是街上的游魂，而你，是闻到我的人。

# 我有两次生命，一次是出生，一次是遇见你

“我这一辈子走过许多地方的路，行过许多地方的桥，看过许多次数的云，喝过许多种类的酒，却只爱过一个正当最好年龄的人。”

这是沈从文写给张兆和情书中的一段话，是我听过的最动人的情话。

张兆和是著名的“合肥四姐妹”成员，排行第三。她是民国时代的大家闺秀，出身名门，活泼俏丽，深受青年才俊的仰慕。初看她，并不是特别美，眉目疏朗，颇有傲气。她在中国公学英文系念书，沈

从文在国文系任教，她经常去旁听他的课。也许是一见钟情，也许是渐生情意，沈从文对这位与众不同、聪颖好学的女学生起了爱慕之心，写给她一封封情书。

那时的张兆和非常年轻，众星捧月，早已习惯许多异性的追求。她顽皮地将收到的情书编成“青蛙一号”“青蛙二号”“青蛙三号”……将它们封存在深闺里，并不给予回应。直到有一天，她收到了一封特别的情书，来自她的国文老师。从此以后，沈从文每天给张兆和写信，一连写了几百封信，开始三年漫漫求爱之路。

“一个白日带走了一点青春，日子虽不能毁坏我印象里你所给我的光明，却慢慢地使我不同了……一个女子在诗人的诗中，永远不会老去，但诗人他自己却老去了。我想到这些，我十分犹豫了。”

“生命是太脆薄的一种东西，并不比一株花更经得住年月风雨。用对自然倾心的眼，反观人生，使我不能不觉得热情的可珍，而看重人与人凑巧的藤葛。在同一人事上，第二次的凑巧是不会有的。”

“我生平只看过一回满月，我也安慰过自己，我说：我走过许多地方的路，行过许多地方的桥，看过许多次数的云，喝过许多种类的酒，却只爱过一个正当最好年龄的人。我应该为自己庆幸。”

“望着北平高空明蓝的天，使人只想下跪，你给我的影响恰如这天空，距离得那么远。我日里望着，晚上做梦，总梦着生着翅膀，向上飞去。向上飞去，便看到许多星子，都成为你的眼睛了……”

“我从没有看过这样好的情书。”沈从文的好友代为转交时，忍不住偷偷打开，看过之后深深震撼。他觉得沈从文的情书简直是世界上最动人的情话，任何女孩子收到他的情书都会动容、沉醉，感受到真挚浓烈的爱意，觉得自己是最幸福的人，高傲矜持的张兆和，也不例外。

她在日记中写道：“看了他的信，不管他的热情是真挚的，还是用文字装点的，我总像是我自己做错了一件什么事因而陷他人于不幸中的难过。但他这不顾一切的爱，却深深地感动了我。在我离开这世界以前，在我心灵有一天知觉的时候，我总会记着，记着这世上有一个人，他为了我把生活的均衡失去。他为了我，舍弃了安定的生活而去在伤心中刻苦自己。”

从他初见她的那一刻，一千多个日夜，三年多的时光，上千封书信，一笔一笔，都是对她刻骨的思念和深邃的柔情。

“我就这样一面看水一面想你……”

“我求你，以后许可我做我要做的事，凡是我向你说什么时，你都能当我是一个比较愚蠢而还不讨厌的人……”

“我以为我是个受得了寂寞的人，方明白我们自从在一处后，我就变成一个不能够同你离开的人了……”

《边城》里的翠翠，就是以张兆和为原型。不仅如此，沈从文每部小说中的女主人公几乎都是一种类型，皮肤黝黑，相貌清秀，分明是他的妻子。他写的那篇叫《三三》的小说，讲述一个年轻少女的初恋。他称呼他的爱人——“三三”。

他是那么地爱她，用尽一生的柔情，到老，到死……“三三”是他心中无可替代的女神。以至于当他老了，孤立无援，身陷绝境，政治上的打压、精神上的禁锢、生活上的艰难，都没能把他击垮，除了至亲至爱之人的疏远冷漠，令他难过和绝望。

有一天，张兆和的二姐来看他。那时他和妻儿分居很久，妻子一次也没来主动看过他。张允和走进沈从文独自居住的地方，屋内一片狼藉，无处落脚。闲聊几句后，张允和准备告辞，沈从文突然喊住她道：“莫走，二姐，你看！”他从口袋里掏出一封皱巴巴的信，似哭似笑地对张允和说：“这是三姐（张兆和）给我的第一封信。”他把信举起来，面色羞涩而温柔。张允和问：“我能看看吗？”沈从文把信放下来，犹豫着给不给，然后将信放在胸口，喃喃道：“三姐的第一封信……第一封……”突然他悲喜交加地哭了起来。年近古稀的老人像个孩子一样，哭得既悲伤又快乐。

“总有那么一个人令放荡不羁爱自由的你，甘愿为其折断翅膀画地为牢。”

这句话多么至情至美。细细想来，当初许下的海誓山盟，那些此生无悔、永不分离，并非因为涉世未深，年少无知。而是那一年、那一月、那一日，真的就想和某人山无棱天地合，天涯海角，一生相随。尽管人生有着太多的艰难变数和注定的物是人非，当时明月在，曾见证我们至死不变的真心和画地为牢的甘愿。

沈从文先于张兆和离世，葬在故乡凤凰。一直到去世，他都没有得到爱人的理解和一声抱歉。直到很多年以后，张兆和整理完他的遗作，真正地懂得并走进他的内心，然而为时已晚。她在后记中追悔道：“从文同我相处，这一生，究竟是幸福还是不幸？得不到回答。我不理解他，不完全理解他。后来逐渐有了些理解，但是，真正懂得他的为人，懂得他一生承受的重压，是在整理编选他遗稿的现在。过去不知道的，如今知道了；过去不明白的，如今明白了……太晚了……”

因为懂得，所以慈悲。只是这懂得太晚，没有慈悲的爱充满了狭隘、偏激、怨愤、遗憾。他走了，只有那一封封感人泪下的情书，那一千多个伏案疾书的夜晚是真实存在的，永远地珍藏在时间的抽屉里，那是属于两个人的回忆。这一生，我爱过你。

倾城之恋，倾的不是城，而是一生。

沈从文与张兆和、钱锺书与杨绛、林徽因与梁思成、徐志摩与陆小曼、张爱玲与胡兰成、梅兰芳与孟小冬、张学良与赵一荻、梁实秋与程季淑、三毛与荷西、大野洋子与约翰·列侬、杜拉斯与扬·安德烈亚……

我有两次生命，一次是出生，一次是遇见你。

# 每晚睡前原谅所有的人和事

亲爱的Shanebaby：

写这封信给你，是因为很长时间不曾与你做一次清谈了。这封信，是我在夜深人静的房间，在一个人的旅途中，在工作的闲暇之余，在临睡前温柔的月光下，一笔一笔写给你，我亲爱的朋友、知己，一生携手走过的伴侣。

你之于我，我之于你。

我们共同走过二十多年的光辉岁月，披荆斩棘，勇往直前，像战友，像对手，像恋人，像情敌。我知道，未来的几十年我们还要一起走下去，你是否与我一样，对未来忐忑、焦虑、迷茫、困顿……却依然充满期待和相信。

在我们共有的人生中，经历过不少事情，曾经一度接近死亡，也曾经美梦成真。人生充满荒诞的戏剧性，一觉醒来恍如隔世，但从未觉得人生的戏剧就此落幕。说生命不能留白，我时常边走边看。在我们的身后，有一条蜿蜒曲折的小路，既不平坦也不宽阔，却是用我们的一双脚一步一步走出来的。假使从头再来，我依然选择走同一条路。

通向成功的路从来没有捷径，而成功是什么，过去总以为是实现自己的愿望。愿望没有止尽，越往前走，越感到它的远和空。成功一定不是终点，只是路上的一处驿站，一次收获。终点是我们在人生长路上看到一生难见的风景，遇到命中注定的人，为他停下来，就到这里。

几年前对自己说，没关系，我还很年轻。一句“年轻”，就能让自己起死回生。匆匆数年光阴，有斩断也有不舍，有得到也有失去。发生的事、决裂的人，都是教我成人阅历里的一道道债，提醒自己，输掉的要去挽回，欠下的要去偿还。

时间无多，不够原谅自己，不够让自己重新开始。

我们的人生没有人可以重复，只有过与过去，没有好与不好。我总觉得有些事、有些人，时间一到就自动瓦解和消失。以前不太容易和懂得原谅，其实是不放过自己。当经历越多，怜悯就越多，慈悲心让我看到每个人隐藏的苦衷和隐痛，反观自己，没有什么是不能原谅的，也没有什么是不能接受的。

“你现在的样子，是你过去的果；你未来的样子，是你现在的果。恶念的后果会一直跟着你，就像牛车被牛拖着走一样；清净心的后果也会一直跟着你，就像你自己的影子一样。没有人，包括父母、亲属与朋友在内，能像你自己的清净心一样帮助你。一颗训练良好的心，将会为你带来快乐。”

春风会找到绿柳，明月会找到净湖。你也会找到你灵魂的花朵。把这段话送给你，共勉。

每当情绪低落的时候，总会收到家人、朋友、同事甚至陌生人的鼓励和安慰，觉得世界对我非常温柔。然而每当孤独的时候，躺在床上辗转难眠，看着窗外冰冷的月光期许着哪怕有个人和我说说话也好，可是没有人。天地一片寂寥，月光照亮了世界，也让世界冰冷。

内心的火焰很重要。其实世界既不温柔也不冰冷，当我们缺爱，再多的温柔也只是无关痛痒的慰藉；反之，当我们充满爱，会在世界的每个角落点灯。

有句话是：一个人有两个我，一个在黑暗中醒着，一个在光明中睡着。白天是你，夜晚是我，生命里第一个爱恋的对象是自己，成为与自己相恋的孤独者。没有忘不了的人，也没有横穿不了的过去，时间是我们当下的呼吸，每一刻都应该全心全意。

我们灵魂的相通是因为我们的根性天然相连，我们需要与自己灵魂相近的人在一起。我总觉得，在清净和美的梦里，与你曾见过面，让我知道你不是幻影，你沉默地存在着。而在千军万马黑云压城的诡异梦境里，没有你，我亦可以孤军奋战。

走自己的路，去远方朝圣。你本该像风一样自由，也该像海一样宽阔。

明年依然有一趟漫长的旅行，涤荡内心的污垢与阴暗，用天空、荒原、清湖、日光、古城、壁画构筑一个浑然忘我的世界。忘记值得忘记的人，缅怀值得缅怀的人，告别值得告别的人，书写值得书写的人……先写下此言，待年后一一兑现。

午夜十二点。

亲爱的，又到了你睡觉的时间。像往常的每个深夜，睡前看一段文字，听一段电影配乐。现在听的是*Interstellar*（电影《星际穿越》）的配乐。夜色深沉，空气中有香薰燃尽的余香、海洋的味道，内心清爽安逸。在即将沉入梦乡之际，对你轻声说：

“每晚睡前原谅所有的人和事。”

晚安

风颜

# 附记

## 01　我在陌生人中孤独地旅行（华兹华斯）

我在陌生人中孤独地旅行，
越过海洋在异乡飘零，
那时候我才知道，
我对你怀着多么深的感情。

终于过去了，那阴郁的梦境，
我再也不愿离你远行，
我只觉得随着时光的流逝，
我爱你爱得越发深沉。

当我在你的山谷中徜徉，

曾感到内心憧憬的欢欣，
我钟爱的姑娘坐在炉边，
手摇纺车传来车声辚辚。

朝来暮去，霞光明灭，
曾照亮露西嬉游的园亭，
你碧绿的田野曾最后一次，
抚慰她临终时的眼睛。

### 02　我的名字（普希金）

我的名字对你有什么意义?
它会死去，
像海浪拍击岸堤发出的忧郁的声音，
像密林中簌簌的树枝。

在纪念册的黄页上，
留下暗淡的印痕，
像用无人能懂的语言，
在墓碑上刻下花纹。

它有什么意义?

它早已被忘记，

在狂烈的风浪里，

它不会给你的心灵带来纯洁而温柔的回忆。

但是在你孤独、悲伤的日子，

请你默默地念一念我的名字，

并且说：有人在思念我，

在一些时间，我活在一个人的心里。

### 03　我的心曾悲伤七次（纪伯伦）

第一次，当它本可进取时，却故作谦卑；

第二次，当它在空虚时，用爱欲来填充；

第三次，在困难和容易之间，它选择了容易；

第四次，它犯了错，却借由别人也会犯错来宽慰自己；

第五次，它自由软弱，却把它认为是生命的坚韧；

第六次，当它鄙夷一张丑恶的嘴脸时，却不知那正是自己面具中的一副；

第七次，它侧身于生活的污泥中，虽不甘心，却又畏首畏尾。

## 04 我想和你一起生活（茨维塔耶娃）

我想和你一起生活，
在某个小镇，
共享无尽的黄昏
和绵绵不绝的钟声。

在这个小镇的旅店里——
古老时钟敲出的
微弱响声，
像时间轻轻滴落。

有时候，在黄昏，
自顶楼某个房间传来笛声，
吹笛者倚着窗牖，
而窗口大朵郁金香。

此刻你若不爱我，
我也不会在意。
在房间中央，一个磁砖砌成的炉子，
每一块磁砖上画着一幅画：
一颗心，一艘帆船，一朵玫瑰。

而自我们唯一的窗户张望，
雪，雪，雪。
你会躺成我喜欢的姿势：慵懒，
淡然，冷漠。

一两回点燃火柴的刺耳声，
你香烟的火苗由旺转弱，
烟的末梢颤抖着，颤抖着，
短小灰白的烟蒂——连灰烬
你都懒得弹落——
香烟遂飞舞进火中。

**05　面朝大海，春暖花开（海子）**

从明天起，
做一个幸福的人，
喂马、劈柴，
周游世界。

从明天起，
关心粮食和蔬菜。
我有一所房子，

面朝大海，春暖花开。

从明天起，
和每一个亲人通信，
告诉他们我的幸福，
那幸福的闪电告诉我的
我将告诉每一个人。

给每一条河每一座山取一个温暖的名字，
陌生人，我也为你祝福。
愿你有一个灿烂的前程，
愿你有情人终成眷属，
愿你在尘世获得幸福。

我只愿面朝大海，春暖花开。

**06　回归（顾城）**

*之一*

不要睡去，不要，
亲爱的，路还很长，

不要靠近森林的诱惑，
不要失掉希望。

请用凉凉的雪水
把地址写在手上，
或是靠着我的肩膀，
渡过朦胧的晨光。

撩开透明的暴风雨，
我们就会到达家乡，
一片圆形的绿地，
铺在古塔近旁。

我将在那儿，
守护你疲倦的梦想，
赶开一群群黑夜，
只留下铜鼓和太阳。

在古塔的另一边，
有许多细小的海浪，
悄悄爬上的沙岸，
收集着颤动的音响……

之二

也许，我们就要离去，
离开这片
在东方海洋中漂浮的岛屿，
我们把信，留下
转动钥匙，
锁进暗红色的硬木抽屉。

是的，我们就要离去，
我们将在晨光中离去，
越过年老的拱桥
和用石片铺成的街道，
我们要悄悄离去。

我们将在
静默的街道尽头，海边
在浅浅的蓝空气里，
把钥匙交给一个
喜欢贝壳的孩子。

把那个被锉坏牙齿的铜片
挂在他的细颈子上，

作为美，
作为装饰。

不，不要害怕，
孩子，它不是痛苦的十字
不是。当你带着它，
再度过三千个潮水喧哗的早晨，
你就会长大，
就会和你的女伴一起
小心地踏上木梯。

在一片安静的尘土中，
找到我们的故事。

## 07　一棵开花的树（席慕容）

如何让你遇见我，
在我最美丽的时刻。

为这，
我已在佛前求了五百年，
求佛让我们结一段尘缘。

佛于是把我化做一棵树，
长在你必经的路旁。

阳光下，
慎重地开满了花，
朵朵都是我前世的盼望。

当你走近，
请你细听，
那颤抖的叶，
是我等待的热情。

而当你终于无视地走过，
在你身后落了一地的
朋友啊，
那不是花瓣，
那是我凋零的心。

## 08　情人（简媜）

### 之一　初雪

相逢，好像下了第一场雪。
我没有御寒的衣，却感觉温热，
来自于你眉峰之下的眼波。

### 之二　水草

雪融成活泼的河，
远方有牧人在吟歌。
我是一株准备远行的水草，
不断地，
不断地向你招手。

### 之三　薄海

在海底，有热带的感觉。
鱼族都是邮差，
海星是用不尽的邮票，

你躲藏在哪个洞穴我终会找到。
当珊瑚们软禁你，
别向我求饶。

### 之四　西北方，有雷

牧神发怒不是因为羊群，
是牧草太短。
天空有雷，也不是为了摧折，
为的是雨水。
如果你坚持在西北方咆哮，
我要在东南织一匹虹。

### 之五　荷盘

甚至，不必来见我，
季节里自然有你的消息。
如果你愿意，
请找一只荷盘托讨，
总有一天我会经过荷塘，
去收藏你。

之六　江，曲又曲

没料到再遇见你，

你我的容颜都有了远游后的倦。

十里烟云的路口，

什么话都不宜多说。

告别后才想起那一条静江，

以及曾经我们的渔唱。

之七　早霜

更鼓已过，

霜意才开始，

一灯如豆的思念染成银锭色。

就算分道也是携手，

情人，你是我最后的留白。

## 09　我是你流浪过的一个地方（王海桑）

1

在同一个一百年里，你来了我来了

——不早，也不迟。
在同一朵云彩下，你看见我我看见你
——不远，也不近。

你就在那儿，有树有水，
所以，我爱你。

2

我没有找到你我碰见你了，
我没有想到你我看见你了，
我看见你了，你还能往哪儿跑呢?
你是我今生今世最大的意外。

这不是在梦里，
也不是在画里，
你和我携手同行，
走进落日与大地的亲吻。

天地如此宁静，我听见了。
我心如此感恩，你听见了吗?
你就说吧说吧，今晚我住在哪儿呢?
瞧你的长发森林你的明眸流水，

都是我的家。

3

不知道是对是错，
不管它是对是错。
我只想和你在一起，
一起等太阳出来。

没有水，你是我的水。
没有粮食，我是你的粮食。
我们自始至终相信同一个神，
热爱同一个命运。

因为啊，爱上你！
我身体中有世上最柔软的部分。

我无法想象，你起伏的身体
是怎样的一个神秘国度。
我爬遍你的全身，像个孩子
你新鲜、温暖而美丽。

当你的呼吸在我的鼻孔，

我的手在你的发间。

你问：你好吗？

我说：我想你。

4

如果有时候，

我会沉溺于欢乐，

请原谅，

我不是故意的。

你想想看，

当春天来了，

漫山遍野都开满五颜六色的花儿，

我又能怎么办呢。

还有干净的石头，

清澈的水，

阳光也是刚刚流出来的，

你一碰就响。

去吧，

去一百个地方，

走一千里鲜花，
摘它一万朵！

要不就一朵吧，
我可真想摘下来，
拿在手上。
欢乐真好，
我真的是喜欢那些美好的事物。

这件事请你原谅，
如果我可以原谅。

5

来吧，那些是我的就是我的。
我不要天上的星星，
这一生能有些什么，能做些什么
——我都已清楚。

我不要自己在世界多么重要，
从一开始，
世界和我就是两件不同的事。

我只要，在窗口的月下，
在你倦时
能用手掌托起你寂寞的心。

看吧，那些我犯过的错都在保证，
我将用我一生的细节珍爱你细节的一生。
所以从现在起，从这里起，
把你的手给我，把你的手放在我心口。

相信我的一生就是你的一生。

便是这世界背我而去，
我也心满意足。
我只请求一件事——
我不要思念你，我要紧挨着你。

6

那时我正躺在云朵上做梦，
是你在生活中喊我，
喊我尘世的名字。

于是我踢掉鞋袜，顾不上踩云，

像两个渴慕已久的音符，
你我在阳光的五线谱间执手相遇。

我不知道如何爱你，
我看着你，
我前后左右都跟着你，
以自己的才华和智慧我投身于你。

不够，就以信念，
再不够，
就以身以命一生相许。

竟如此不易，你和我
彼此在不如意的生活中，
遇上一个如意的人，
所以我爱你。

就连同你的缺点你的道路，
以及你是非难辨的过去，
从此我们手拉手，
向着同一个方向走，直到天黑
待生命结束，我们才结束。

一回头，
我们看见的不是一缕轻烟，
而是我们相知的一生，
深深浅浅，心心相印。

7

不，小心些，请不要相信
我现在对你说的话。
因为它真诚见心，
所以易变。

只是在这世界有一个点上
我和你，在一起。
这感觉如此美妙，像在飞。

如果是真的，请告诉我！
如果不是真的，请告诉我！
你知道的，你知道的，
我就像一只小虫碰到了阳光，
我的幸福也小心翼翼。

因为啊，过往的岁月教会我

人的一生中有一个字
是冷，是彻骨的冷，
所以我会在星稀的冬夜
点一堆火，慢慢想你。

8

累的时候，有个地方能睡；
饿的时候，有点东西能吃；
这多好。
我怎敢要求太多。

当我到了某个年龄，
能有个女人挨着，
当我因劳作而一身冒汗
能有一盆水喝，一条河流洗澡。

天想下雨的时候下雨，
然后有阳光。
如果高兴，如果我可以，
光着身子和你在树林里奔跑，
这就够了。

我愿意这就是我的一生，
有阳光、粮食、女人和水。
这是我所能想起的幸福。

9

一生当中，
到底有多少事可以很肯定?
你和我之间，
究竟有多少事可以分得清白?

而我总是很肯定很肯定地告诉你，
在我们的明天里，
有阳光和早餐，
有河流和音乐。

你所有的事，我说，都来找我。
你所有的对错，都归于我。
因为我要你生活美好，一生安宁。

有一天当我死了，会有人来，
说："这个人，一生寂寞。"
你不要哭，我给你说过——

我是一个泥做的生灵，
想娶一个水做的女人为妻——
于是遇上你。

所以，在一百年里，
如果你的一生需要有人捧在手上，
那个人，只能是我，必须是我。
便是当我走了，我也会记着。
把这手上的温暖，给你留下。

10

那一天，我想吻你，
因为那天的月亮很明很圆。
我想吻你，
因为世上只有我们两个人。

吻你，是那一刻我俩唯一能做的事。
因为我不知道你，因为我想知道你。

我真的想吻你，
我看见你的唇像一颗草莓，
我猜它一定又红又甜。

一想到要吻你，我的心在跳
我害怕你，你陌生而神奇。

你也不敢看我的眼，
你背对我是一挂黑发。
我的手欲伸又止，
像只胆小的小动物。

从我这里爬到你腰间，
这段短短的距离
用了我整整一百年。
一百年后，你转过身——

这世界一无所有，
只有一个月亮，
很明很圆。

11

我从遥远的时间回来，
我从孤单的地平线回来，
回到我原本在的地方，不再远行
——这是我的家。

我不再追求幸福，

我就是幸福。

我不再想象生活，

我着手生活。

没你在时我想你，

有你在时我看着你。

哦，原来这就是我吗?

每一件和你有关的小事情都让我心动。

当你和我说话，

当你没和我说话，

我都掩饰不住心中莫名的欢乐。

12

在这片叶子上开始，

我将关心你的一生。

你没有过去，

或者你的过去是一把尘土。

而你的今天和我的今天必将赶上明天的光明，

我不是骑白马的王子，但我也有剑。
总有一天，这剑上将有血，
别人的血，或我的血——与你有关。

而今天，而正在流逝的今天，
在向上或向下的路上我与你同在。
请让我关心你的早餐，你的睡眠，
关心你身体每一个可爱的小地方，
是否安好如初，是否一切未变。

13

可如果幸福注定与我无缘，
我会想念它。
不管它把我看成什么人，请相信
这件事不只是我一个人的错，
苍天在上，我一直在生活中努力保持纯洁。

如果爱情找不到我的一生，
那肯定自有原因。
我不敢质问爱神，只想告诉
那个飞来飞去的花翅膀小孩——
下一次，如果愿意，请记着我。

除此之外，我来到这个世上
是要做一些事，想念一些人。
让自己的心还有片干净的地方
能容得下一个神龛，
和跪得下我的空间。

14

当你需要精美的早餐，
我却只有爱情。
为了一行关于粮食的诗句，
你我相拥，失声一哭。

而我们在月亮下已经走得太远，
可你得想想
人生如此重大，你不能什么都要。

请相信吧——
一千次失败必将成全一个生灵。
你不要哭，到时候，我会说——
诸事顺利，一切都好。

15

寂寞和美好让我们相遇，

然后是生存把我们分开。

当你的背影住在我的泪中，

你告诉我，说——

生活是为了改变生活。

是啊是啊，在生活中

想象出来的路就能走吗?

而当大雪飞过那个小镇，

我哪儿都不去，我将想你，

在零度以下，想你是一种温暖，

是我的幸福。

16

早晨五点半，想起你和我挨着

很暖和。还有早餐

早餐和早晨一样和你一样清新。

你说早市上的青菜和萝卜都是爱情，

看来，你是对的。

你因为热爱生活，

所以遇上了我。

可你走了，你还有别的事，

只是对于我——

这件事太简单，

我还没准备好。

这件事太简单，

要我一生来接受。

你走了，你比孤单还瘦。

17

是不是神怕我们不小心弄脏了爱情，

所以只让我们看见它，

只让我们亲它一小口，

便珍爱有加地收回。

然后要我们在这艰难的人间，

找一个能相依相守的人，

恩恩爱爱，建筑家园。

如果真是这样，那么
当我在世界的尽头遇见你，
你怎么说呢。

当你就在那儿我不喊你，
如果你也看见我而我走过去，
你还能否如初次那般微笑，
对我说：嗨。

18

结束了。
画个句号。
像一滴泪。

握你的手，最后握你的手，
再松开，一松手，就是——
一千里。

路在那儿等你，
不知道去哪儿的路在那儿等你。
我含泪的眼没有希望，

就这样，是再见。

19

我的心平平静静地合上，

你在外边，早晨在外边，

你和早晨是一个人，

身后是泪眼天堂。

很多事情都会突然过去，

愿意你好，一生都健康安全。

我也会准时起床，干活、吃饭。

累了，就歇一会儿，

伤心了，也笑一笑。

不管生活把你藏在什么地方，

我知道，只一伸手，

我摸得到你的寂寞。

就像这个早晨，那么凉。

20

请求你允许我，
下辈子偿还你的一生。
而我今生
必须好好地，好好地学会幸福。

如果你在一千里之外很好，
请告诉我，
好让我在孤单的时间里
找到另一个女人，而放下你。

如果你找了再找都没有你的地方，
而你仍执意不回头，一千一万都不
那么也好吧，你知道
我们是两个一样寂寞的人。

当我想哭，当你想哭，
哭你我曾经相遇相识。
生活它必须重新开始，
一步一难，向着幸福。

21

我不曾爱过你，

我只是担心你的一生，

只是想知道你在那儿很好，

想着你已经找到幸福。

如果我说过爱你，请原谅我，

我只是无法忍住伤心，

于是你终于离开，

可你离开得已经太迟。

22

我的心无法安慰，

我的心需要忘记，

所以我要到一个很远很远的地方，

去忘记一个人，去忘记一些事，

然后回来，以双手进入生活。

23

最终我必将接受现实，

但我知道——
生活一思索都是疑问。
唱出来才是歌，
我选择后者。

24

下一个一千年，如果有
如果我可以再一次做人，而遇上你
我要挣很多钱，在水边，
买一幢有玫瑰花有咖啡的房子，
然后，娶你为妻——

月光是我们的，
水声是我们的，
我们纯洁地做爱，
慢慢讲美丽的故事。

然后养一百个漂亮的孩子，
围着我，围着你，
而这一次，我一生对不起你，
因为我是个如此住在梦中的人。

有一天，当我死了，
想到你会流泪，我已如此幸福，
真想告诉你，
你是我一生中的一件最美好的事。

当你死了，
当你回到落叶化成的泥土，
我将认出你，我的心将挨着你，
不声不响，你知道是我，我知道是你。

**10　世界上最遥远的距离（泰戈尔）**

世界上最遥远的距离，
不是生与死的距离，
而是我就站在你面前，
你却不知道我爱你。

世界上最遥远的距离，
不是我就站在你面前你却不知道我爱你，
而是爱到痴迷，
却不能说我爱你。

世界上最遥远的距离，
不是我不能说我爱你，
而是想你痛彻心脾，
却只能深埋心底。

世界上最遥远的距离，
不是我不能说我想你，
而是彼此相爱，
却不能够在一起。

世界上最遥远的距离，
不是彼此相爱却不能够在一起，
而是明知道真爱无敌，
却装作毫不在意。

世界上最遥远的距离，
不是树与树的距离，
而是同根生长的树枝，
却无法在风中相依。

世界上最遥远的距离，
不是树枝无法相依，
而是相互瞭望的星星，

却没有交汇的轨迹。

世界上最遥远的距离，

不是星星没有交汇的轨迹，

而是纵然轨迹交汇，

却在转瞬间无处寻觅。

世界上最遥远的距离，

不是转瞬间无处寻觅，

而是尚未相遇，

却注定无法相聚。

世界上最遥远的距离，

是飞鸟与鱼的距离，

一个翱翔天际，

一个深潜海底。

谨以此书，给我最爱的妈妈。

感谢你对我的养育，感谢我们的相伴与壮大。